野人

手斧男孩4

Brian's Return

鹿精靈

蓋瑞・伯森 著　奉君山 譯

CONTENTS

目錄

前言

布萊恩可以說是因著《手斧男孩》而誕生的。

許多讀者將布萊恩視為真實人物，他們想要更瞭解他，與他為友，我也是這麼想。為了回應這些要求，我寫下了第二本《領帶河》、第三本《另一種結局》，這是布萊恩再次登場的第四本，因為讀者想要知道布萊恩終於回家之後，又發生了什麼事情。

1 舊夢重溫

布萊恩靜靜地坐著，任由獨木舟在睡蓮間往前漂蕩，久違的平靜擄獲了他。他的右手邊是湖岸，一個鐘頭前他才順流來到這個小湖泊。約莫八英畝大的渾圓湖水包圍著他，四周則是北方森林：松樹、針樅、白楊、樺樹，還有茂密的灌木叢。

已經是暮夏了，正確地說是七月三日。湖上滿溢著生機，各種小動物在水裡頭遊蕩、逡巡著嗡嗡作響。蚊子、蒼蠅漫布空中，群聚在他身旁。他這會兒笑了出來，回想起自己當初曾為這些小吸血鬼驚恐不已。

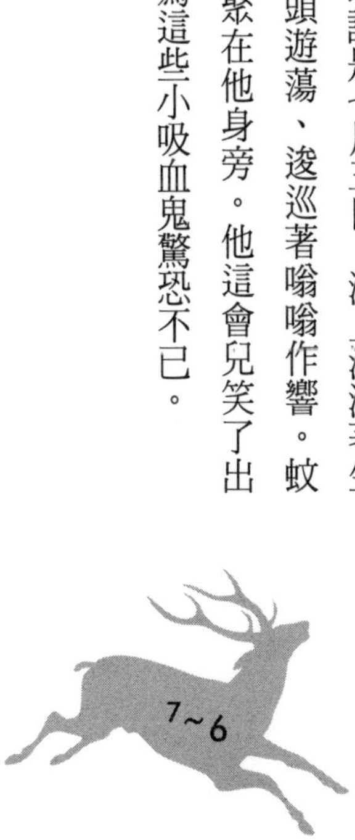

獨木舟中央有個舊咖啡罐，裡頭擺著火種，還有一些樺樹皮。他點著了火，捧了一把白楊綠葉，放到小火堆上。不一會兒，煙霧熏了開來，瀰漫整艘獨木舟，蚊蟲也隨之消聲匿跡。

他這次有帶防蚊液，以及將近兩百磅的其他裝備。可是他討厭防蚊液的味道，而且發現，防蚊液不如煙熏管用。黑蒼蠅、鹿蠅，還有馬蠅根本不把防蚊液放在眼裡，他甚至認為，牠們搞不好還會把防蚊液舔掉。但是牠們痛恨煙霧，因此對獨木舟退避三舍。

片刻清閒讓他有時間看看湖上其他活動。他靜下心來，凝神傾聽。

他聽到水獺在左後方，為了提防入侵者——上面載了個人的冒煙怪木頭——用尾巴打起了水，然後潛進水裡。布萊恩笑了笑。他終於瞭解水獺的本事了，牠們是工程師，擅長打造舒適的家居。

書上說，歐洲絕大部分的城市都是由水獺奠下基礎的；一開始，水獺沿著河邊把樹放倒，搭成水壩；上升的水位淹沒了更多樹木，等到食物耗盡，沒有樹皮可嚼，水獺就走人了。

水壩終究會崩潰。河水乾涸後，河邊便留下一大塊空地，因為原有的樹木全被水獺啃斷了。先民來到此地，就著空地所在聚集成城，比如倫敦、巴黎，最初都是水獺開拓、安居之地。

在右前方，布萊恩聽到沉重的腳步聲，是一頭正穿過榛果叢的鹿。或許是頭公鹿吧，因為他沒聽到小鹿輕巧的腳步聲。事實上，不是好像，正是一頭頂著鹿茸的公鹿，沉穩地踱離漫著煙霧的獨木舟。

青蛙從六呎外的睡蓮上跳下，還來不及潛進水底，就被狗魚攫去。這飛掠的一擊劃開湖面，攪翻了睡蓮，露出淡色的葉片背面。

不知在何處，傳來隼鷹長嘯一聲。布萊恩透過湖泊周圍的林葉找了找，卻什麼也沒看見。想必是為了給滿窩的幼鳥帶回幾隻老鼠，要找對象大開殺戒。

不，布萊恩心想，不是這樣。隼鷹出獵不是為了屠殺，而是為了覓食。當然，牠得先殺戮才有食物，所有的肉食動物都是如此。但殺戮是獲得食物的手段，不是目的。只有人類會為了運動，或為了戰利品而打獵。

「我打獵的原因跟隼鷹是一樣的，」布萊恩心想。他把船槳打斜，靜靜地往前探去，往回穩穩一划。我會為了覓食或自衛而痛下殺手，沒有其他理由。

過去兩年裡，除了和德瑞克在領帶河上的那段時間外，布萊恩都處於某種孤獨的痛苦當中，他只能透過文字、影像，讓森林來到眼前；每當他腦海中浮現森林、湖水或荒野，便隨即陷入無邊的想念，甚至強烈到讓他難以承受。報導槍枝與狩獵的雜誌、電視節目中，關於狩獵與釣魚的影片，都讓他作嘔。

那些人用著高效能的武器，從勉強可見的視線範圍裡，大老遠地射殺鹿或麋；或者更惡劣的，從吉普車車窗內或車尾將牠們打爆；用裝滿腐肉的罐子誘來熊隻，拿可以轟掉一部車子的來福槍射殺牠們；為了運動或獎金，在大型競賽中，靠著花俏的船隻和電子設備，逐一定位每尾鱸魚，進行捕捉。

「這是運動。」他們這樣說。但他們不是為了需要而去打獵或捕魚，不是為了吃，只是為了殺而殺，順便炫耀他們的本錢。因此布萊恩不再看那些雜誌和影片了。

在這個圈子裡，布萊恩那段荒野倖存的經歷讓他小有名

氣，有幾家雜誌社和電視台的釣魚、狩獵節目訪問過他。可是他們完全搞錯了，澈澈底底搞錯了。

「小男孩征服荒野！」有些雜誌封面上大肆宣傳：

「學習如何克服大自然……」

事情不是這樣的，從來都不是。布萊恩什麼也沒有征服，是大自然驅策他，他別無選擇；大自然將他扳倒，把愚昧從他腦袋裡轟出去，直到他不得不屈服，不得不投降，不得不學著求生。

「謀事在人，成事在天」，是他學到的最大重點，偏偏這是人們最難理解，更難以信服的。他根本不是征服了大自然，而是融入其中；大自然成了他的一部分，也許還成了他的全部。

獨木舟緩緩向前滑行，他想，問題就在這裡。

2 最後一根稻草

驅策著他離家、驅策著他回來的最根本原因，究竟是什麼？他想，必定就是那些噪音。

船槳又向前划了一下，獨木舟在水中滑行。這是艘美麗的獨木舟，名叫「木筏」，是用克維拉纖維打造的，六呎長，空船時只有五十二磅重，有如魚皮一般平滑；就好像風吹、水流那樣嵌合在大自然中，栩栩如生。

他盡力了。他盡可能試著去融入，再次恢復正常。他也曾滿懷新奇地向人們談起發生過的事情，向他們示範自己是怎麼生起第一堆火、怎麼製弓、怎麼打獵。在光環褪去，周遭世界恢復到日常表象之後，他試著再次融入其中。

一年多以來，他盡量表現得一如往常，也由衷這麼期許著。

他回到學校，試著再度適應那些老朋友。大家當然還是一夥兒的，也都非常歡迎他回來。但問題不在他們身上，而是他。

「我們去街上打電動！」他們會這麼說。也許是打慢速壘球，也許是騎單車……諸如此類的。布萊恩會去嘗試，然而不論是運動，或是拿電子槍朝螢幕裡的虛擬敵人發射子彈與雷射光，都是如此愚蠢，和他所經歷過的真實生活相比——麋鹿的攻擊、瀕臨死亡的飢餓、靠著意志力和信念維生——這一切就顯得如此黯淡無力。

他無法投入遊戲，無法信以為真。這和那些發展出極限運動，只為了炫耀他們本事的人沒有兩樣；攀岩、街頭滑板，這些戶外活動本來是要磨練都市裡頭的紈絝子弟，讓他們洗心革面的。但這些都只是玩玩罷了。

他無處容身。大家的話題都是誰喜歡誰、誰酷誰不酷、舞會要找誰、誰在吸毒而誰沒有……這一切都化作漩渦，包圍著他。他聽著那些話題、點頭，試著表現出興趣。但到最後，有個傍晚他獨自坐在房裡，才領悟到，自己對這些事根本一點興趣也沒有。

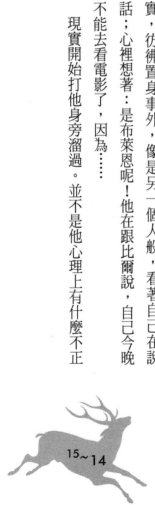

他形單影隻。即使身在眾人之中，點著頭說說笑笑，但內心仍然是孤獨的；有時候他的思緒跳脫了眼前的現實，彷彿置身事外，像是另一個人般，看著自己在說話；心裡想著：是布萊恩呢！他在跟比爾說，自己今晚不能去看電影了，因為……

現實開始打他身旁溜過。並不是他心理上有什麼不正常或病變，而是現實的一切讓他覺得索然無味。鎮上有座小公園，有片圍著籬笆的森林。他發現自己愈來愈常往那兒走去；放學回家經過公園時，他會在樹下停住腳步，閉上雙眼，回想著森林、風吹、葉片搖曳，沒有喧嚷嚷的世界。

他開始討厭車輛、喇叭、警笛，還有電視，因為這些會將他心繫的事物驅散到九霄雲外。不光是這些，人們交談的聲音、飛機掠過，還有甩門的聲音，這一切都揉合成干擾的聲響，成了噪音。

事情得從馬奇士披薩店的入口開始說起。布萊恩變得疏離，有時對周遭的人情世故毫無知覺。他不知道自己因此惹惱了一個叫做卡爾·蘭馬斯的男孩。

卡爾是足球隊員，塊頭高大，外號叫大傻。他同時也是個惡霸，對布萊恩的風光眼紅。布萊恩並不認識他。

顯然地，卡爾認為布萊恩說過他的壞話。一天，當他從披薩店走出來的時候，布萊恩正和同校的一個男孩和女孩走進店裡。

男孩身材瘦小，名叫哈利。女孩叫做蘇珊，她覺得布萊恩很了不起，想要進一步瞭解布萊恩，於是邀他去吃披薩，以便和他好好聊聊。而哈利當時就站在布萊恩旁邊，以為蘇珊也邀請了他，這讓蘇珊好生失望。

卡爾追過蘇珊，被她拒絕了。所以當他看到她和布萊恩在一起，更叫他怒急攻心。

他透過玻璃門，看到布萊恩和蘇珊並肩走著，便鼓起全身的力氣，用肩膀把門頂開，試圖將布萊恩撞得失去平衡。

事情完全不如預期。布萊恩距離門太遠了，門沒有撞上他，反而正中哈利，轟在他的鼻子上，不但鮮血馬上

湧了出來，門的力道還把他往蘇珊的方向撞去。他們兩個人向後飛出去，蘇珊被哈利壓著，跌到地上，扭著了膝蓋。

「噢！……」蘇珊呻吟著。

剎那間，一切彷彿都靜止了。門板大開，卡爾站在那兒，布萊恩在另一頭，一臉困惑難解。事情發生的時候，他正想著森林。蘇珊和哈利坐在地上，哈利滿臉是血，蘇珊抱著膝蓋，呻吟不已。

「怎麼回事……」布萊恩轉向卡爾時，卡爾正一拳往他的腦袋揮來。我的頭還在嗎？布萊恩心裡想著，這一拳差點把他的頭給扯掉了。他及時閃了開來，沒有正面捱到這一拳；但他還是無法全身而退，卡爾的拳頭打中他的肩膀，把他打退了好幾步，單膝跪地。

接下來，事情發展迅速。哈利因為眼裡的鮮血，什麼都看不見，可是蘇珊目睹了一切，至今難以置信。

「有點不對勁，」稍後她說道：「布萊恩變了，他的眼中根本看不到卡爾。」

布萊恩在那一瞬間完全恢復了本色。他不再是一個正要走進披薩店的男孩，他變回森林裡的那個布萊恩，遇到麋鹿，遭受攻擊的布萊恩。布萊恩還活著，因為他反應迅速且專注，一心一意要活下去。卡爾是個威脅，是個需要阻止、需要攻擊的對象。

摧毀他。

布萊恩像個彈簧似的，從地面一躍而起。他環顧四周，全心全意尋找著武器；只要可以拿上手的都行，可是什麼也沒有。地板、磚牆、玻璃門，全都釘得牢牢的。沒關係，他的動作絲毫不受這些想法影響而延緩，他還有自己，他還有一雙手。

他沒有揮拳。大自然不來這一套，不會捏著拳頭揍擊。他反而雙手大張，往前不停地揮出厚實的手掌，短距撲打。每一擊造成的傷害或許不大，可是布萊恩並非只打一掌兩掌，而是連續打個不停，有如狂噬的蛇一般，拍擊次數彌補了威力的不足。

卡爾是足球隊員，而踢足球也包含了身體接觸。事實上，卡爾對於阻截和擒抱的衝撞相當熱衷。可是，這……這太瘋狂了。他覺得，剎那間的攻擊彷彿從四面八方湧來。布萊恩朝他的眼睛，連續不斷地拍擊，直到卡爾什麼都看不見，往後退抵到牆邊，抱著自己的頭，試圖投降。

「好了好了……」

布萊恩對卡爾的求饒充耳不聞，旁若無人。他處於一個無法適用常規的狀態裡。卡爾已經暫時看不見了，可是對布萊恩而言，一切都還早得很。卡爾遮住了臉，肚子便門戶大開，布萊恩就往那兒揍，且欣喜地發現，因為卡爾太胖而有個軟綿綿的肚子，正是個可以集中攻擊的弱點。他還是用手掌發動連續攻擊，站穩腳步，一掌呼向卡爾肚子上方的橫隔膜，把空氣逼得從卡爾的鼻孔竄出。

卡爾的雙手往下抱住腹部，布萊恩轉而往他臉上出招，把他的眼睛捶得腫到張不開；揍了又揍，直到卡爾的手又往上抬。等到卡爾蜷曲著身軀，試圖護住所有部位，只留下後腦門的空檔，布萊恩便逮到機會，雙手合握往下掄，捶到卡爾四肢著地、鼻子冒血，空氣從肺中噓出。

不能讓牠起來，布萊恩心想，且為自己的冷酷吃驚。

「我不能讓牠起來，不然牠會傷害我。」他想。

一開始他並沒有發覺自己想的是「牠」，而不是「他」。

「牠必須倒下。我必須讓牠倒下。」

卡爾已經幾近昏厥了，或許是足球校隊訓練的成果，他沒有放任自己整個倒下，要是他整個倒下可能還好一點。布萊恩停不下來，埋頭持續掄打著；他蹲跪下來，雙手合握成拳，好像在劈柴一樣，一次又一次擊向卡爾的後腦勺。

有人尖叫起來，也有人衝向他們，抓住布萊恩，把他拉起來，拖到一旁。但是，即使人們將他拉開，布萊恩還是持續著他的動作，專心致志，要把卡爾撂倒。他們一拉開布萊恩，他就掙脫開來，再次發動攻擊。

「別讓牠起來」，他說：「我必須打倒牠……」

3

野獸少年

警察抵達披薩店，叫了救護車，把卡爾送到醫院。

卡爾眼睛周圍的皮膚嚴重擦傷，肋骨和腹部也是。雖然並非真的必要，但他們還是讓卡爾住院觀察，這也讓他的狀況看起來嚴重多了。

警察拿手銬銬上布萊恩，在詢問目擊者的同時，把他塞進警車後座。蘇珊靠到車子邊，但警察把她拉開了。

「不可以，」他們跟蘇珊說：「不可以跟他交談。」

「可是他沒做錯什麼。是卡爾攻擊他的，布萊恩只是想要……」

「不可以跟這個男孩交談。」

沒多久，警察回來解開手銬，但並未釋放布萊恩，而是將他載回家去。當媽媽開門的時候，看到布萊恩旁邊站了個警察。這可真是個不愉快的經驗。布萊恩的媽媽看起來略顯單薄，穿了仲介公司的制服，正打扮好要去上班。

「布萊恩?這是……」

「他們在馬奇士披薩店打了一架，妳兒子把另一個男孩海扁了一頓。」

「布萊恩，這是真的嗎?」

布萊恩沒有開口。

「布萊恩，真的嗎?」她重複說道：「你打架了嗎?」

布萊恩看著媽媽，簡短地思考了一下，打算告訴她真相：那不是她認識的布萊恩，而是另一個徹頭徹尾不同的人；而且那不是打架，而是自然而然的反射動作。他沒有打架，因為那不是他，那是一頭野獸，一頭男孩般的野獸。不，是看起來像一頭野獸的男孩。我是個野獸少年呢，他心想，勉強不要笑出來。

「這真的一點都不有趣。」

他搖搖頭：「我知道，我並不是覺得有趣。我只是搞不清楚究竟發生了什麼事情。」

「你打架了嗎？像警察先生剛剛說的？」

他想一想：「我是……反射動作，我只是想要保護自己而已。」

「那個孩子被打到失去知覺了，」警官說道：「布萊恩不知道他的名字。」

「他攻擊我。」

「各說各話，」警察轉向布萊恩的媽媽：「顯然他們是為了一個女孩子打架。」

「女孩子？」她看著布萊恩：「你交了女朋友？」

布萊恩搖了搖頭：「不是的，根本不是這樣。當時我正要進去，他把門甩開，撞倒了蘇珊，接著揍我，於是我就……」

但是，他們根本不聽他講。即使有在聽，也沒有真的聽進去。他們永遠無法瞭解他。

所以他聳聳肩裝傻，隨便他們愛怎麼想。這都無關緊要了，因為他逐漸瞭解，也開始看出有什麼事情是勢在必行，而他必須去做的了。

「我認識一個諮商師，」警察說：「他是退休員警，專門處理青少年事件。我把他的聯絡方法寫給妳。」警察拿出筆記本，在其中一頁寫下名字和電話號碼，撕下來交給布萊恩的媽媽：「打給他，他可以和妳的孩子談一談……」

我是野獸少年，布萊恩心想，可不是一般的孩子呢，是野獸少年哦。但是他沒有笑。

「……或許他可以帶布萊恩走出來。」

除非他可以看透我的心，否則免談。布萊恩心想。

4

看不見的看見

掛在辦公室旁的招牌寫著：

卡列伯　蘭卡斯特

家營心理諮商

敬請入內

與其說那是一間辦公室，不如說是個塞在雙位車庫角落的房間，可能本來是個工作間吧，布萊恩心想。他在門口駐足。

這個警察退休了，這會兒在他的舊工作間裡，靠著青少年諮詢來賺錢。太棒了，這可真是太棒了。他會叫我要好好讀書、不要打架、不要嗑藥、聽爸爸媽媽——當然還有警察叔叔——的話，然後就送我上路回家，讓老媽開張支票。事實上那張支票還是用我存的錢，因為老媽沒有半點積蓄。這真是太棒了。

他回來之後的第一年，曾經和一位諮商師簡短談過。那時倒也沒什麼大不了的問題，他對森林的思念還不像後來那樣強烈，也還沒有足球隊員攻擊他。他看著招牌，心中暗忖。

剎那間，他興起了打道回府的念頭。這太愚蠢了，他又沒什麼毛病。有人攻擊他，而他不過是還以顏色而已，也許還手過分了點，但也還好吧……

他的手無意識地轉動門把，打開了門。

「嗨，你就是布萊恩吧。」

布萊恩一進門就停下腳步，眼睛四處打量，兩秒內便掌握了房間內的一切。素白的牆壁上，掛了幾幅畫著森林山岳的廉價圖片，看上去和其他空間不甚搭調，還掛了一幅裱了框的某種證書。桌子是灰綠色的，金屬材質，前面有張面向書桌的老舊辦公鐵椅。牆邊一座灰綠色的金屬書架裝滿了書，重到隔層都凹陷了。地板是灰色的混凝土，乾乾淨淨。

這大概是他見過最難看的房間了。

桌子後頭坐著的那個人，在布萊恩眼中猶如一堵牆壁。他不胖，可是碩大黝黑，當他站起身、伸出手時，臉上的微笑更形燦爛。布萊恩差點兒就要後退了。這個大漢將近有七呎高，幾乎塞滿整個房間。

「我是卡列伯。」

布萊恩握住他的手，覺得自己快被卡列伯拎到他對面的椅子上了。

「請坐，隨便坐，」他笑了笑：「反正也就只有這一張椅子了。」

布萊恩坐下，屏息以待。

「他們跟我說，你就是幾年前在森林中過活，引發媒體追逐的那個男孩。」

布萊恩點點頭。

「是這樣嗎？」

布萊恩又點了點頭，這才發現卡列伯看不見，開口說道：「是的……」

卡列伯笑了起來，渾厚宏亮：「你剛剛點了頭。」

「是的，很抱歉，我不知道……」

「不必道歉。你這麼久才發現，我可是受寵若驚。」

「是在你當警察時發生的嗎？」

又是一陣笑聲：「不算是。有一天，我在工作的時候頭痛欲裂，三天之後，就瞎了。」

「就這樣？」

「就這樣。醫生們對發生的事有些花俏的稱呼，但我喜歡讓一切保持單純。我頭痛，然後瞎了，就這樣。不過我們要談的不是我。我們應該要談的是，你為什麼會把那個足球隊員扁到不行？」

布萊恩往後靠。

「如果你想談的話。」

布萊恩吸了口氣。

「或者我們可以談些別的事情。」

「我沒有把他扁到不行。」

「他們把他送到醫院去了。」

「他攻擊我。」

「為了一個女孩子？」卡列伯說。

「不是。或許是吧，我不知道。他就是把門甩開，然後揍我。」

「而你揍了回去。」

布萊恩點了點頭，才想起來：「是的。」

「跟我說說森林的事。」

「什麼？」

「跟我說說森林吧。我在都市長大，對森林一無所知。那是什麼樣子？」

「我……」布萊恩聳聳肩：「還不錯啦。」

「還不錯？就這樣嗎？經過這麼多事，你說得出來的就只有這樣？我聽說你得吃蟲子，還差點兒死掉。是怎麼一回事，究竟是怎麼回事？」

布萊恩停下來回憶著；一束草叢搖動著，有隻兔子在被箭射中之前跑了開去；有條魚在水裡翻身，激起一道光影。

「我不覺得你能懂。沒有身在其中，誰都沒辦法真正瞭解……」

卡列伯點點頭，沉默了。接著他輕聲說道：「那麼，就告訴我一件事吧。」

「什麼意思？」

「告訴我一件事，森林的一部分，讓我可以在心裡描繪、體驗。你做得到的，不是嗎？」

布萊恩聳聳肩：「應該吧。你想要知道哪一部分？」

「你來挑。」

布萊恩想了將近整整一分鐘。麋鹿的攻擊、狂風、漂亮的獵殺、失之毫釐的落空，還有食物——老天哪，那些飢餓當頭的食物——以及隨著狩獵成功而來的狂喜。從夏季到冬季，每一件發生在他身上，微不足道而又關係重大的事情，全都歷歷在目。而最後，他決定跟卡列伯說的，是某次日落。

日落總是很美，每一次也都有不同的光影、不同的聲響，他全都記得；就好像人們看完一部精采絕倫的電影，會記住電影裡的一點一滴。

他向卡列伯描述的那一次，是在冬天。那一天寒意凜冽，冷得教人難以置信；樹木爆裂，天空明亮清澈；當他放眼望去，那片湛藍彷彿深不可測、漫無邊際。

那是近晚的午後，他在棚屋裡吃過熱騰騰的食物，正要到外頭把木柴拿進來，以便過夜。太陽已隱沒在樹冠之後，但天還是亮的，天空迅速轉作深沉的鈷藍色。布萊恩可以看到一顆星星獨自發著光，或許是行星吧。也許是金星，就位在靠近太陽剛剛消逝的地方。

突然之間，一束金光瞬間從太陽射出，彷彿要穿透星辰，短暫得他差點就錯過了；好像一支金色的光箭，帶著閃爍的箭桿，稍縱即逝。就在他看過一眼，眼神就要掃過的時候，又來了另一束金光，然後又一束。一共三次，三支光箭，從太陽射穿那顆星辰。

這讓他相信，也讓他明白，有某種比他、比任何人、比一切都還要崇高的事物。他想，這一定要，也必須有某種意義，但他想不出是什麼。三支光箭。三矢，或許是個名字，或是指引。

過了一陣子，當他回到家，試著要弄清楚經歷過的所有事情時，他在書上讀到，早期北方的因紐特人看到北極光，相信那是早逝孩童的靈魂在跳舞。布萊恩知道，那其實是電離層離子化，但他仍然希望那是早逝孩童的靈魂在玩耍，希望有更多意涵，就像那次日落一樣。

那次日落如此美麗，令他屏息。於是手裡抱滿木柴的

他，雙腳站定，眼睛盯著天空，直到太陽、星辰，還有光線都消逝為止。他企盼這一切具有更多意涵。

他試著告訴卡列伯關於那次日落的一切，每一道色彩，每一抹陰影；湖面上冰層迸裂，演奏出細微的聲響；冷澈的天空風聲嘶嘶、粉狀的雪落地沙沙作響。

等他全部說完之後，看向桌子對面，竟然發現卡列伯淚流滿面。

5 老鼠之城

「我說錯什麼了嗎？」

卡列伯用手背抹了抹臉頰：「沒有，我只是……太感動了……那想必是十分動人的景象，聽起來美到令人難以置信。」

「嗯，是啊。那真教人……覺得這輩子再也沒什麼好遺憾的了。沒有了。」

「你懷念那一切？」

就這樣，一切豁然開朗。打從警察帶他回家之後，這個念頭就在布萊恩腦海中浮現，但在此刻以前他並不自覺。起初只是冒出一點點芽，接著就不斷擴散，再擴散。而現在，讓卡列伯看穿了。

「是的，這真的是我最最懷念的。我懷念在那裡的感覺，我覺得我應該要回去……。」

「是要逃避，還是有所追求？」

布萊恩皺起眉頭想著：「都不是。現在的我，不論是好是壞，就是這樣子。可能是我沒有辦法繼續和大家共處了。」

「你討厭人？」

「不，不是那樣。我並不討厭他們，我有朋友，也有關愛的人，像是我父母。我曾經試著跟大家一起，做每個人都會做的事，上學，表現出……正常的樣子。但是我做不到，一點辦法都沒有。我已經看過、經歷過太多了，他們談論的，都是我不感興趣的事情，而當我要聊我的想法或我看到的事，他們總是充耳不聞。」

「好比日落……」

布萊恩點了點頭，才又想到卡列伯看不見。但是，他看布萊恩卻比任何人都看得更透澈：「還有其他事情，林林總總的……」

「你可以跟我說些其他的事情嗎？」

「比方日落？」

卡列伯點點頭：「如果你想的話。隨便你想要告訴我什麼。」

布萊恩又停頓下來，再次思索著。

「如果你是顧慮到隱私……」

「不，不是這樣。實在是因為我所見到的，和人們所以為的，總是有些落差。電視上看到的那些都不是真的，都是不存在的。如果我告訴你事情的真相，你是不會相信的。」

「試試看才知道。」

布萊恩嘆了口氣：「好吧。冬天的時候，老鼠會在雪底下搭起屋子，組成個城鎮。」

「組成城鎮？」

「看吧，你不相信對不對？」

卡列伯搖搖頭：「不，我是希望能夠多瞭解一點。請告訴我。」

於是布萊恩照辦了。有一天，他穿著雪靴，在空地四周走動，尋找獵物。天氣雖然冷，倒也不至於像先前那樣，有時會冷到讓人動彈不得。他把箭按在弦上，以備不時之需。當他眺望空地，看到了一隻狐狸高高彈跳而起，並把頭埋進雪裡；尾巴像支瓶刷，直直向上豎起。

狐狸把頭從雪裡拔了起來，四下張望，臉上沾滿了雪。布萊恩屏住氣息，狐狸沒看見他。接著狐狸又低頭看著雪堆，豎起耳朵仔細聆聽；之後又往空中一躍而起，足足跳了四呎高，然後又將頭朝下竄進雪堆。

狐狸再次拔出頭來時，有隻老鼠在牠前排的牙齒間扭動著。狐狸再咬一口，把老鼠咬死，吞了下去。然後狐狸再次傾聽、跳到空中，拔出頭來又是一隻老鼠。

在離開空地之前，那隻狐狸又跳了八次，多抓到了三隻老鼠。布萊恩看見全程，也簡單盤算了一下吃老鼠這檔事，但覺得這主意不夠好。

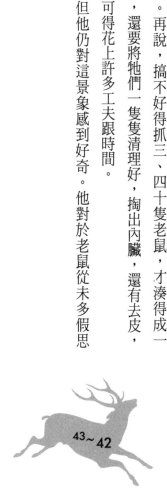

不是他挑三揀四，而是他那時候還有一頭鹿和充足的肉。再說，搞不好得抓三、四十隻老鼠，才湊得成一頓，還要將牠們一隻隻清理好，掏出內臟，還有去皮，這可得花上許多工夫跟時間。

但他仍對這景象感到好奇。他對於老鼠從未多假思索，但現在可不行了。他以為老鼠應該是在冬眠，但狐狸嘴巴叼出來的那幾隻都在扭動，根本沒有在睡覺。

布萊恩走進空地，盯著雪堆，學狐狸剛剛那樣傾聽，但他什麼也聽不見。他脫下雪靴，用其中一隻當作鏟子，小心翼翼地把雪鏟開，一直挖到草地。這下子，他終於發現了真相。

冬天來臨時，草已經長高了。雪一落到上頭，草就彎下了腰，繞向根部，形成一個厚實、茅草屋頂似的棚子，雪滲不進去，於是老鼠就在棚子下面安穩過日子。

布萊恩把雪清除，發現裡面有個小小的圓形隧道，從隱蔽的草屋通往其他草屋，雪層之下有許多小家庭。光是住在草裡，還不夠溫暖；但是粉狀的雪在上頭積了兩呎厚，形成極佳的隔絕體，所以這些屋子看起來都乾爽愜意。

布萊恩趴了下去，朝其中一條隧道看個究竟。

就在他觀望之際，光線滲過雪層，一隻田鼠從角落走出，看到了布萊恩。牠愣了一下，然後轉身拔腿就跑。布萊恩大概看了十分鐘，期間又有五隻老鼠來到這個隧道，看到隧道開著，就跑了回去。

他邊看著，心裡邊想著：這下面有一整座城鎮，一座老鼠之城。在草叢隧道，還有小屋下，想必有數以百計的老鼠，在冬天受到保護，掩人耳目。但也不是萬無一失。狐狸知道老鼠在下頭，所以用牠們的大耳朵傾聽，只要聽見老鼠穿過隧道，便起身躍至空中，然後用頭部朝下猛撲，穿透雪層和草叢，一舉成擒。

「狐狸並不是每次都得手。」布萊恩對卡列伯說著，結束了這個故事。或許有上百隻逃過一劫的老鼠還在下邊過活，絕大多數的老鼠都安然無恙。這讓他覺得自己愚不可及，光是要讓自己的洞穴暖和些，就得拚命地幹活。但老鼠的一切，卻都是天造地設的。

「還有其他人知道這件事嗎？」

「我在書上或其他地方都沒看過。就算我說了，也沒有人會相信我。」

「我相信你。」

「好吧。幾乎沒有人。」

「再多說一點。」

「老鼠？」

「森林。現在幾點了？」

「三點鐘。」

「噢。我三點半有另外的預約。你要不要明天再回來跟我聊天？」

「心理諮商？」

「不。你沒有什麼問題。」

「沒有嗎？」

「一點也沒有。你不過是在遭受攻擊時，用你熟悉、最有效的方式來自我防衛。我只是想要多聽聽北方森林的事情罷了。如果你不願意，你不需要再來。還有，告訴你母親不用收費。只是你說得那麼……那麼生動，我很想聽你再多說一些。」

「沒問題，」布萊恩起身：「我很樂意明天再來。」

當他走向門口時，他訝異地發現自己是認真的。

47~46

6 打點裝備

一開始，事情進展得並不順利。不久之後，他回顧一切，不明白命運為何挑中此刻，為何以這種方式插手。

那時候是春天，學期還剩兩個月才結束。上學對布萊恩來說更形艱難了，所有人都知道那場打鬥。有些人認為他是英雄，有些人則認為他瘋了，而絕大多數的人都對他敬而遠之。有幾次他在門廊遇到卡爾，卡爾都閃得遠遠的。

蘇珊認定了布萊恩就是她的真命天子，只要有機會，就隨時盡力接近布萊恩，與他同行，跟他搭訕。布萊恩

知道蘇珊是個好人，但她長袖善舞，在每個社團都軋上一腳，什麼活動都會參加；她總試著要把布萊恩拉出家門，要他談談他自己。

最後，他開始逃避蘇珊，但在禮貌上盡可能不去傷害她。但是話傳開來，說他是在拿翹，所以過不久，包括蘇珊在內，所有人都離他而去了。

雖然他喜歡獨處，但奇怪的是，這樣的狀況也讓他不太好過。上學對他而言變成是一種煎熬。他開始討厭學校，非必要就不去上學。他出於喜好而讀書，還好他的功課都還跟得上。

幾個月之後，他覺得自己已經精神失常了，只有見到卡列伯，還有做那些夢的時候還算正常。

夢境在他清醒的時候湧現；在學校、在家裡陪媽媽，只要有片刻的清靜或厭倦，他的思慮就會蒙上薄紗，夢境開始湧現。

夢裡頭，他已經把一切都打點妥當了。總是這樣，打點妥當，準備要回去，準備要回……回家。回家，到森林去尋找……他不知道要找什麼——尋找他自己，他自己的種種。

夢裡頭的他總在準備著要帶些什麼：帶什麼武器、哪種箭矢、釣具，還有衣物；武器總是弓箭，而不是槍枝。這一次回去，不只是要求生，而是要在他落腳的地方，幸福地度過餘生。此外，別無所求。

裝備要妥善選擇；獨木舟、一把精確的弓、幾束工整的箭、一雙結實的雪靴、一些釣鉤和釣線、舒適的睡袋；還要帶些帆布以便抵擋風雨，也許帶個帳棚；帶把鍋子煮東西——不，還是兩把吧，一把大的，一把小一點的。秋冬需要的衣物、牢固的靴子、鹿皮靴。

他在腦海中不斷地盤算這份清單，不停地追加、更動，最後終於把這份清單定了下來。他寫在筆記本裡，走到哪就帶到哪兒，一想到，就拿出來改一改，還仔仔細細地記下每樣物品的所有細節。

我實在變得神經兮兮的了。當他把箭頭的型式，從新型的花樣剃刀箭頭換成老式的MA－3式三刃軍用箭頭時，他曾經這樣想過。三刃箭頭需要磨利，但非常堅固，射中岩石也不會損壞。

但他不只吹毛求疵。到了最後，他甚至以此來維持自己的意志力，安排自己的生活。最初，這份清單是讓他從夢境轉向現實的媒介，等到他把清單條列完備之後，他開始蒐集清單上的物品，透過釣魚雜誌或狩獵雜誌所附的型錄下訂單。

他媽媽知道他正在進行的事，但她被其他事務纏身，所以，幾乎是放牛吃草。布萊恩一收到東西就擺進自己房間，她也從未過問。

第一件送到的是弓。他不打算搞得太複雜，所以對滿是滾輪與滑車的複合弓敬謝不敏。複合弓或許比較準確，拉起來省力許多，但他覺得那禁不起粗糙的使用。布萊恩寫信給一位專門製作長弓與短反曲弓，名叫布列克利的人，向他訂了所謂的短式長弓。

普通的長弓很精良，但顧名思義尺寸極長，在樹叢間會勾到樹枝，不易使用。所以布萊恩訂了比較短的一款，拉開二十六吋需要四十五磅拉力。

布萊恩對開弓磅數沒有概念，但他告訴布列克利自己的身材，拿這把弓的目的是打算進行一般的狩獵。布列克利告訴他，這樣的訊息就夠了。他製作的弓，最高到一百二十磅重，但那太凶悍了，而且他寫道：「只要箭頭夠鋒利，不論是輕或重的弓，都能射得穿。」

這把弓以硬質木材和花梨木細條製成，且用玻璃砂前後打光過，實在美極了。而且布列克利還附上了四條備用的弦。

布列克利也賣箭，所以布萊恩另外買了一百支美洲花柏的箭桿、所需工具，以及預先裁好的羽片和箭尾，以便自己動手造箭。

布列克利又寄上了五十個ＭＡ-3寬箭頭，還有一些圓箭頭，所以布萊恩練習時，就不需要浪費寬箭頭了。

布萊恩從沒有做過箭，但所有裝備都有完整說明，因此很容易上手。之後，他到園藝店買了三捆乾草回家，把它們堆在後院，並在前面擺了塊紙板作為標靶。當他完成六支箭後，就開始每天練習射擊。

實在太不可思議了。布萊恩先前用慣了以粗糙木桿，還有火烤出來的箭頭所製成的武器，現在，兩者間的差異讓他大感驚訝。

這把弓平順俐落、安靜無聲，箭則以穩定的準確度飛出。也因此，一開始他根本無法置信。才第一天，他不但可以擊中紙靶中心，還好幾次射中已經在靶上的前一支箭。

為了保護手指，他還套上了布列克利附送的簡便皮指套。第一天，他就射了不下兩百箭。他並未瞄準，而是靠直覺放箭，讓自己的心和眼去感受，假想自己在森林中用這柄獵弓放箭之後，箭會往哪兒走。不到一個星期，他就可以從二十碼外，連續命中紙靶上直徑六吋的圓形區域。

弓和箭只是清單的一部分而已。不算托運的時間，共花去了兩個半星期。這讓他有事可做，保持他的活力。

在準備清單，以及練習的同時，他還去拜訪卡列伯。每個禮拜有五天，他會在放學之後去找卡列伯。他媽媽認為他是在進行諮商，但她也因為沒有收到帳單而感到奇怪。其實就某方面來說，這的確也是一種諮商。所謂的諮商，就是向某個人透露一些事，並尋求協助，而這就是布萊恩和卡列伯在進行的事情。

他向卡列伯陳述自己在森林中的日子，卡列伯其實很少講話，這些談話反倒是在幫助布萊恩瞭解自己、瞭解事情的現狀，以及即將發生的事。

每次在布萊恩抵達之前，卡列伯總會泡上一壺茶，然後先倒一杯給自己，邊喝邊等。就只是熱水跟茶包，加上些奶精和糖而已，不怎麼講究。布萊恩向來不太在意茶飲，但這是他第一次邊說話，邊在茶裡放進一些糖；輕啜一口，不知怎地，他覺得茶好像早已和他融為一體。茶是如此自然，所以在片刻考量之後，布萊恩也把茶加到自己的清單裡。茶，還有方糖。

他總是端起茶，坐在鐵椅子上，然後看著卡列伯：「你今天想要聽些什麼？」

「我連該問什麼都不知道，你挑吧。」

布萊恩想了一會兒後，便會說個故事，關於麋鹿、捕魚、水面上的太陽、水獺建造房屋、潛鳥在夜裡孤獨的號泣，或是狼朝著月亮喊出令人膽戰心驚的嚎嘯。卡列伯會靜靜地聽著，雙眼出神，或哭或笑，有時驚訝，有時悲傷。

學期接近尾聲，有一天，布萊恩差不多將清單上所有東西都收齊時，卡列伯嘆了口氣：「你該回去了，去找出你所追尋的事物吧。」

布萊恩也有同感。他們談過布萊恩要回去的事情，他

必須要弄清楚是什麼羈絆著他，是什麼讓他感覺空虛，

「可是我並不確定該怎麼做。」布萊恩說道。

「我會幫助你。」

「你會幫助我？」

卡列伯聳聳肩：「我本來就要協助你『恢復心理健康』不是嗎？那麼，很明顯地，對你而言，要保持心理健康，就得回到森林中，找回你失落在那兒的東西。」

「那倒是。」

「救過你的克里族家庭如何？那戶捕獸人？」

「斯彭他們一家子，」布萊恩常常想到他們，「什麼怎麼樣？」

「他們不是希望你回去看看他們嗎？」

布萊恩瞪大了眼：「對啊！太好了，我怎麼從來沒有想到呢？」

7 往森林飛去

剛開始並不容易。他對父母的阻攔早有心理準備，而且果然被他料中了。他媽媽對樹叢有很深的恐懼，這是在他消聲匿跡，而她得相信他已不在人世的那幾個星期養成的。布萊恩和她談了好幾個晚上，她才讓步。他現在年紀更大，也更駕輕就熟，這點她心知肚明。去年夏天他帶著德瑞克回來的時候，表現得很好。在卡列伯的幫助下，他媽媽改變心意了。

「你要怎麼找到斯彭他們家？」她問道。

「載我出來的那個駕駛會知道他們在哪兒。」

布萊恩先前已留下那位駕駛的名字。他會從國際瀑布市飛一班航程，就在明尼蘇達州和加拿大的交界上。布萊恩打電話給他。

「斯彭？嗯哼……他們就在威廉湖那一帶，漁場那邊。可是我秋天以前都沒有預計要到那裡去。我整個夏天都讓野釣的行程給排滿了，抽不出時間載你到那裡。」

「能不能請你載我到那一帶就好？我可以自己划獨木舟過去。」

「稍等一下。」布萊恩聽到紙頁翻動，駕駛在瀏覽他的記錄：「嗯哼，有了。我十天之內預計要帶幾個傢伙去釣魚。我們要到花崗湖區，照燃料看來，我差不多可以再帶你飛個一百哩。離斯彭的營地還有將近一百哩的路程，但路上有湖串聯起來，你不必扛著重重的行李走陸路，就可以到得了。我會給你一張精確的地圖。你的行李多重？」

「差不多兩百磅，加上我，還有獨木舟。你可以運送獨木舟嗎？」

「沒問題，擺在氣墊上。我們帶了一艘獨木舟，我可以把你的安放在另一個氣墊上。那你打算在那邊待到什麼時候？」

「我……我還不確定。」

「秋天，我預計在狩獵季節來臨、天氣狀況惡化之前，要送一趟補給物資給他們。你可以那時候離開。」

「那好。」

「好啦，你只要搭機到國際瀑布市，我可以和你在那兒碰頭。」

其實他不算是跟媽媽撒謊，他只是沒有全盤托出罷了。她認為飛機會帶他直達目的地，而他並沒有糾正她。當他打電話告訴爸爸這一趟「拜訪之旅」的時候，他也留下了一樣的印象。雖然他不認為用獨木舟完成最後一百哩的計畫，對他爸而言會有什麼大不了。

過去一年當中，他和爸爸的關係也改變了，他們不知怎地漸形疏遠，而又更加親密。他爸爸似乎不再把他看成一個孩子，不會端起架子和他說話，反而比較像是對等的關係。

「聽起來棒極了，」他說：「在那兒好好待上一陣，對你會有幫助。你會過得很愉快的。」

獨木舟是個問題。他得支付額外的托運費用，從明尼亞波里北部開始，還得用卡車來載。航空公司負責協調一切。他必須早點寄出去，好讓獨木舟在他抵達的時候能夠送到。他擔心會發生什麼狀況，不太想讓獨木舟離開他的視線。但是獨木舟一安全送達國際瀑布市，航空公司就來電通知，離他動身還有整整四天。

除了弓和箭，其餘的行李裝成了兩個背包。布萊恩把弓裝在厚紙筒裡帶上飛機，箭則是裝在箱子裡，和包裹一起上路。

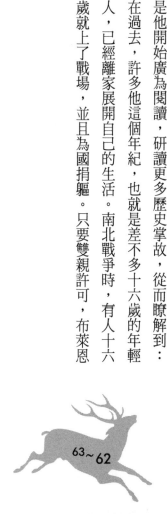

他沒有帶冬季或禦寒的裝備，只有一件防風外套，和兩件耐寒的套頭羊毛衣。他不確定是為什麼。當他四處走動，在屋子裡、穿過市鎮、走在學校裡的時候，他的腦海中根本沒有要回來的念頭。

也許會回來吧，可是……電視讓他覺得索然無味，於是他開始廣為閱讀，研讀更多歷史掌故，從而瞭解到：在過去，許多他這個年紀，也就是差不多十六歲的年輕人，已經離家展開自己的生活。南北戰爭時，有人十六歲就上了戰場，並且為國捐軀。只要雙親許可，布萊恩十七歲就可以列籍軍中。

不論好壞，布萊恩規畫好了他自己的道路，他沒有想過要回來，然而，他卻沒有帶冬季的用具。

他告訴自己，是因為已經塞不下了。他過一陣子還可以拿到，只是現在空間不夠了。

最後兩個星期忙亂到極點。他要打電話給旅行社、向每個人擔保他會平安無事、確認清單上的所有事項都打包好了，還要拜訪卡列伯。

最後一天終於到來了，他登門去向卡列伯道別。

「你要寫信，」卡列伯不是在建議，而是在交代：「我想知道你過得好不好。」

布萊恩點點頭：「只是我沒辦法寄信。」

「你告訴過我，到了秋天會有一趟補給班次。那你就可以寄信了。」

「我會的，我保證。」

「好。那麼……」

布萊恩站起身來，與卡列伯握手。接著卡列伯繞過桌子，像熊抱起東西一樣，把他拎了起來。布萊恩的雙腳都已經離地了。

「我會寫信。」布萊恩喘過了氣再次保證。

「告訴我每件事情，」卡列伯說道：「跟我說那些光影，還有色彩，所有的一切……」

「我會的，」布萊恩停了一下：「我真不知道該怎麼報答你。」

卡列伯微笑：「你已經報答我了。只管寫信就是。」

他媽媽載他到機場，幫他搬運所有行李。到了登機處，她把手擺在其中一個包裹上，布萊恩看著她，而她哭了起來。

「我沒事的，媽。」

「我知道。我只是想到這一切是怎麼開始的。那架小客機，還有我給你的那柄手斧。彷彿過了好久好久，原來也才不過兩年。」

不是的，布萊恩抱住她，心中暗想；不只如此，我已經死而復生了。

「你現在長大了。上個星期你爸和我才講到這件事。但是我看著你現在準備要離開的模樣，我就會回想起你還只是個孩子的時候，」她深吸了一口氣：「我不要你離開。」

布萊恩什麼也沒有說，因為也沒什麼好說的。她是他媽媽，他愛她。他也愛他爸爸，但是他必須這麼做，不然他就會……他不知道他會怎麼樣。也許會發瘋，再也無法復原。他內在的某些事物將會死去。

「我會寫信，讓飛機帶出來。」

「那還用說。」

她陪他等在登機門，聊一些瑣碎的事情，時不時摸一摸他，直到登機時間來臨。她揮手告別，而布萊恩走進通往機艙的過道。

8

入林前夕

布萊恩搭機到明尼亞波里，轉了個短程班次到國際瀑布市。他在下午三點時抵達，發現他的獨木舟，還有船槳都已經等在機場。他撥了電話，才響一聲鈴，小飛機的駕駛就接起電話，他要布萊恩把他的行李帶到瑞尼爾的一間倉庫，在旁邊的碼頭等著。瑞尼爾是國際瀑布市附近的一個小鎮，就在瑞尼湖的邊上。

布萊恩帶著所有行李，搭計程車到了碼頭。司機有繩索，可以把獨木舟綁在車頂的架子上。他說這早已司空見慣，因為所有人都是衝著邊界水域泛舟區來的。布萊恩在碼頭邊等著，不到一個鐘頭，一架雙氣墊的小客機盤旋而過，降了下來，空轉著靠到碼頭邊。

「嗨，布萊恩！」駕駛縱身而出，把飛機繫到碼頭上：「真高興再見到你。儘管把你的行李擺到後座，我們好將你的獨木舟綁到氣墊上。一下子就好了。」

不到五分鐘，他們就從碼頭啟程了。駕駛收起油門，沿著湖滑行了四百公尺，到了另一個碼頭邊的小屋。

「那座小木屋是我的，」駕駛用下巴示意：「我本來可以讓計程車載你過去的，但司機們都不喜歡這段路。穿過森林得走兩哩路，大半段是泥濘。你有吃的嗎？」

布萊恩在端詳那棟小屋：「什麼？」

「你身上有沒有帶吃的？因為那兩個釣魚的人明天一早才過來，我回家的時候，你可以待在這間小屋過夜，可是這裡沒有吃的。我的吉普車在這裡，如果你需要的話，我們可以開車去弄點吃的。」

「我在飛機上吃了，」布萊恩說道：「而且我的背包裡有些吃的。沒問題。」

「那太好了。」駕駛輕巧地將飛機靠到碼頭邊，爬到氣墊上把飛機繫住。「我們明天一早回來。我計畫在天快亮時出發，差不多四點半。回頭見。」然後就走了。

布萊恩獨自站在碼頭上看著湖岸。這還不算是森林，到處都是小屋，旁邊的碼頭還繫著船。但是樹木蓊鬱、鳥鳴啾啾、綠意盎然。天哪，他都忘了，夏季的北方森林就是這麼翠綠。四周不再嘈雜，他讓這些聲響像是氈毯一般包覆著他。他就這樣站了差不多有五分鐘，放鬆他的身心。

入夜了。他刻意不帶錶或時鐘，那和他要去的地方不搭調。他只對駕駛先生說了一半實話。他的確在飛機上吃過了，雖然只有一小塊三明治、幾粒花生，還有一杯可樂。但他身上沒有帶吃的，然而，他有的是取得食物的本領。

他把行李連同睡袋拿出飛機，一路走到小屋去。沒有上鎖，裡頭擺滿老舊的引擎配備，還有釣具。角落有張長椅，布萊恩打算睡在上頭，但是天氣看來不會下雨，角落裡還有幾個發出臭味的油漆罐，於是他決定睡在小木屋外頭。

在背包的一個口袋裡，有幾捲釣魚線、幾個鉛錘，還有一個裝滿釣鉤的塑膠盒。他踩著飛機氣墊下來時，在碼頭邊看到許多可以吃的小魚、青鰓魚，還有太陽魚，於是他把釣線裝上鉤子和鉛錘。接著他走進森林，翻過一塊朽木，抓了一把蚯蚓。

魚似乎飢腸轆轆，不到十分鐘，他就抓到了五尾。他把線拉上，繞在一根棍子上，擺回他的背包裡。接著他把魚洗一洗，去了頭，用小刀刀背刮掉鱗片，扔到小的鍋子裡。湖岸滿是漂流木。不一會兒他就在湖畔一道窄窄的沙岸上，升起了一小堆火來煮食。他往鍋裡添進湖水，蓋上鍋蓋，然後直接擺到火焰上頭。

傍晚的蚊蟲大隊找上門來了，他往火裡扔了些青草綠葉，煙霧就把牠們驅散了。他坐著觀賞夕陽一點一點消失在他左手邊的湖面上，心裡覺得非常踏實篤定。

有一回，他覺得自己已經到了極限，無法在家裡多待個一秒鐘。大半夜裡，他抓了毯子衝下床，跑到後院裡躺在地上。房間裡沒有窗戶通到外頭，讓他簡直無法忍受。他必須感受到空氣接觸他的皮膚，感覺自己與戶外的一切融合。

那天晚上，他躺下來試著仰望天空，看看星辰。光害很強，看不到多少，但是他試著去看，也試著假裝後院的空氣和森林裡的空氣是一樣的。

現在，他把睡袋攤開在岸邊的草皮上，躺在上頭。天還沒有全黑，但是差不多了，他可以辨識出黃昏的第一顆星星。他想到人們會向暮星祈願，他從不曾這麼做，但是他祈禱明天晚上還可以再見到暮星，還有後天、大後天、大大後天，永遠永遠。

他聞了聞魚湯，快煮好了，於是從帶來的塑膠袋裡捏幾撮鹽加進去，把鍋子從火上移開，冷卻一下。

過了十分鐘，他掀開蓋子，用刀尖和湯匙剝掉魚皮，把背骨上粉嫩的肉塊放進嘴裡。

他吃得很快，小心地避開魚骨，喝掉清湯。然後就著湖水把鍋子清洗乾淨，決定搭起帳棚，以免夜裡被蟲子侵襲。

他帶了一頂小的雙人帳棚。原本打算不帶的，但是這頂帳棚非常輕便，還有透明的開口。而且，不管他愛不愛森林，蚊蟲都是很可怕的。他花了五分鐘搭起帳棚，放進睡袋，但是他沒有立刻睡覺，反倒是添了些漂流木到火堆裡，在黑暗中坐了一會兒。

就快到了。還沒抵達，不過就在眼前。明天飛機就會載他往東北去了。他微笑著。

他拉開帳棚，鑽了進去，躺在睡袋上頭。幾個月以來，他頭一次在五分鐘內酣酣入睡。

9 布萊恩的清單

布萊恩醒來時，一時之間想不起來自己在哪裡。外頭有動靜，他想到熊，埋怨自己怎麼會蠢到把行李擺在帳棚旁邊的地上。他往外一看，不是熊，是臭鼬；但沒有在他的行李旁邊，而是繞著火堆餘燼嗅來嗅去。

是魚渣。他把湯喝光之後，把魚皮連頭帶骨擺到火上燒掉了。香味想必瀰漫湖岸四周。月輪已經半滿，光線足以照亮一切。布萊恩坐起身來，動作嚇著了臭鼬，牠立刻豎起尾巴。布萊恩從六呎外瞄準了牠，但是沒有真的放箭。

布萊恩坐著，一動也不動，臭鼬似乎聳了聳肩，然後放下尾巴，跑回火堆旁邊前後張望。什麼也沒找到，臭鼬再朝帳棚的窗子看了一眼，噴了口氣，然後搖搖擺擺地消失在夜色之中。

布萊恩笑著看牠離去。他不知道這隻是不是母的，但他就是這麼認為了，因為自己唯一熟識的臭鼬就是母的。那是他在北地度過冬天的時候，那隻臭鼬已經「認可」了他，還搬來與他為鄰，從熊掌下救過他的性命，所以對布萊恩而言，臭鼬一直是溫柔的印記。

東方天已微亮，布萊恩決定要起床準備。駕駛說是天快亮時，差不多再一個鐘頭就要動身了。

他升起一小堆火，放了些水到上頭煮，然後扔幾撮茶葉到水裡。水快沸騰的時候，布萊恩已經捲好睡袋、拆掉帳棚，重新打包好了。

他好一陣子無事可做，坐在那兒看著火堆，覺得肚子又餓了。魚肉和鮮湯餵飽了他，但是撐不了多久。他沒有時間在出發前釣魚弄東西吃。飢餓是他的老朋友了。由於飢餓一度是他的敵人，所以不論何時，只要布萊恩覺得有點餓，他就會感到驚慌。但是現在他知道，就算沒有馬上吃東西，就算今天都沒吃，他也不會死。於是他在心中暗自勒了勒褲帶。

況且他還有些方糖。他往茶裡加了三塊方糖，等到茶夠涼了，就趕緊把整壺喝光。如此便壓下了飢餓感。

他用空鍋子舀水往火上澆，滅得乾乾淨淨，把炭灰攪成泥漿。接著他把行李，還有睡袋裝回飛機上，坐在碼頭等待。

不遠的某處，潛鳥鳴晨，聲音輕柔地越過湖面，剎那之間，布萊恩彷彿從未離開。就好像過去兩午多不復存在，他一直都待在樹叢之間。

這種感覺延續著，直到他聽到引擎聲，抬頭一看，是一台老舊的切羅基吉普車，沿著車轍吱吱嘎嘎地來到小屋。車頂有艘獨木舟，駕駛和另外兩人在裡頭。

布萊恩站起身來，等著吉普車停好。三個人走出車子卸下獨木舟，搬到碼頭上面。

他一直害怕見到那些釣客。他讀過的所有雜誌，還有他在電視上看過的一些節目，都讓他對所謂的職業釣客留下了最惡劣的印象。他不喜歡向別人解釋。駕駛知道他是誰，也知道斯彭，還有他要去拜訪他們的事情，也許只能算是裝做要去拜訪吧。但是現在，來了兩個會問東問西的人。

可是布萊恩錯了。

他們上了年紀，年逾花甲，但是依然健朗。他們把獨木舟扛下來，綁到飛機外側那個離碼頭較遠的氣墊上，駕輕就熟。他們看上去非常相似，布萊恩認為他們一定是兄弟。下顎寬厚，禿了頭頂，僅存的頭髮顏色灰白且崢嶸賁張。他們輕鬆地微笑，向布萊恩打招呼，但是沒有多問什麼。

他們一把行李拿到座位後頭去，飛機就差不多塞滿了。布萊恩把他的背包也挪到後頭，鑽到後座去。飛機上只有四個位置，所以其中一位老先生坐在布萊恩旁邊。這實在很怪，反而讓布萊恩滿腹問號。他們的釣具並不新穎先進，捲線器是舊型的拋餌式，顯然保養得很好，他們對待釣竿可說是百般呵護。

布萊恩保持沉默，直到他們升空之後，他才詢問旁邊的先生：「你常釣魚嗎？」

他原本看向窗外，俯視著湖面。他轉過頭微笑著：

「一年一次。我們會上灌木湖去釣鱸魚。抓到之後又會放回去，其實我們根本很少抓到鱸魚，因為我們是拋餌的釣竿，而且用的又是自己做的夾片。我打從……班，我上次抓到鱸魚是什麼時候？是不是快兩年啦？」

前座的那位先生回過頭來：「是啊。不是，我想是三年了。從那之後我們也好多次有魚上鉤，可就是沒釣上。怎麼著？」

「我只是在跟這孩子說說我們釣到的魚。」

「你是說沒釣到的魚吧。我們好像什麼也沒抓過。」

布萊恩旁邊的先生點了點頭：「可是我們見到了田園風光，這就夠了，不是嗎？」他打量著布萊恩，眼中帶著疑問。

「是呀，」布萊恩看向窗外：「那就夠了。」

「我們一輩子都在森林裡工作，」坐在前面的班回過頭來：「替伐木公司巡邏，過日子，就是混口飯吃。我們現在定居在城裡，可是一旦在森林裡頭待過……是啊，你可以把人帶出森林，可是你沒法把森林從人當中帶走。我們喜歡回來。釣鱸魚不過是個藉口罷了。」

布萊恩旁邊的先生點點頭：「你應該也是吧。我們早就聽說了，之前就在電視上看過了。想必森林已經進駐你的心裡。」

布萊恩點頭。

「實在太美好了。」老先生說著，又往窗外看去。

「什麼？」

「心裡面能住著一片森林。現在的年輕人幾乎都沒有了，你非常幸運。」

布萊恩明白，他說得對。他先前從來不覺得自己得天獨厚，但是這位老先生完全正確。他非常幸運，才能夠讓森林進駐，又回到森林之中。「希望你們釣得愉快。」布萊恩誠心地說道。

「你也是呀。祝你心想事成。」

布萊恩微笑著，看向飛機下方展開的森林湖泊。引擎嗡嗡作響，引得他昏昏欲睡，他閉上眼睛，又睜了開來，半睡半醒著眺望滿目荒野。

他想著，天哪，這地方多麼美好。心裡明白，這算是一種禱告。

布萊恩的清單

獨木舟：十七呎，克維拉纖維，稱作「木筏」，取自我和德瑞克在河上的遭遇。兩枝寬的木質划槳，前端紮著玻布。維修包裡有一張玻布和環氧樹脂。簡便的救生漂浮裝置。

弓：布材與玻璃纖維模製而成，二十六吋，需要四十五磅的拉力，四條備用弦。一百支柏木箭桿，全都試過韌度，跟這把弓相配。六十個圓箭頭、五十個寬箭頭、箭尾、裁好的四吋長羽片，火雞羽製，非塑膠。還要膠水好進行製作、熱熔膠用來更換箭頭、黏羽器用來固定羽片，塑膠的端束器，好讓箭桿吃進箭頭還有箭尾。

布萊恩推敲著要把箭先做好了再帶去，還是帶著半成品？最後他兩樣都帶。有兩打箭是已經做好的，一打是寬箭頭、一打是圓箭頭。

小石頭和銼刀：用來磨寬箭頭。平紋的皮箭袋，可以掛在背後。

布萊恩還琢磨著是要用標準規格的大背式箭袋，還是要用雙肩背的中掛式箭袋。最後決定用中掛式箭袋，這樣一來他的頭可以護住箭，免得在穿梭樹叢時碰傷了。

小刀：一般的狩獵小刀，十字柄，刀身六吋，單面鋒口，刀背前端也有兩吋的刀鋒。是工具，也是武器。和箭頭、手斧共用同一份磨石和銼刀。

手斧。

他還有許多選擇，小刀也是一樣，但是他挑了一柄附了寬帶子的斧頭，和媽媽在他初次到北方的時候給的那把一樣。斧頭和小刀一起掛在他的腰帶上，時時刻刻帶在身邊。他的經驗告訴他，身邊帶著武器備而不用，總比事到臨頭手無寸鐵好。

釣具：簡簡單單。兩捲纏好的線、二十磅的測試品、一打金屬蚊鉤、一盒小鉛錘，中間有塑膠鈕的那種。小塑膠盒裡，有一百只形形色色的釣鉤。沒有釣竿、沒有捲線器，只有釣鉤、釣線和鉛錘。

清單編到這裡，一股執拗竄進布萊恩的腦海裡。他以前活下來靠的東西可少了，只要有一把現代的弓、精確的箭、還有真正的釣具，就十分充裕了。他也想過帶著這些就走了。或許再添個鍋子好煮食，還要幾件衣服。

但是自從他「迷失在荒野之中」以後（有些人這麼說），他並非過了遊手好閒的兩年半。他不停讀書、拓展知識。他讀的書幾乎都不是所謂現代求生導師的書，或者那些作者靠著先進的設備度過個把星期，然後寫本書做些紀錄，發筆小財的作品。

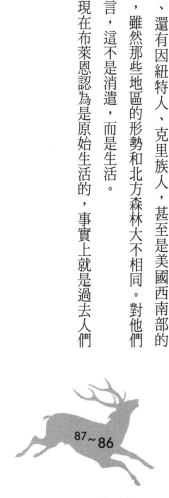

相反地，他研究真正的贏家，歷史上那些別無選擇，不得不在荒野之中討生活的人。像是早期的美洲原住民、還有因紐特人、克里族人，甚至是美國西南部的人，雖然那些地區的形勢和北方森林大不相同。對他們而言，這不是消遣，而是生活。

現在布萊恩認為是原始生活的，事實上就是過去人們的現代。他們在當中生老病死。布萊恩再三閱讀，到最後做了決定：這些人過去都隨著時代腳步，汰舊換新，與現代設備為伍。只有極少數美洲原住民還在削石片當箭頭用來打獵，雖然布萊恩揣測有些人仍用弓箭狩獵。

布萊恩決定，他還是得有個底限。要是他發了神經，什麼弄得到的全帶上了，槍、蒸餾器啦、形形色色的衣物工具，那麼他就會遺落那份他曾經擁有的美好，與大化冥合的感動。

所以他小心地追加清單：

書：扎扎實實的兩卷莎翁全集。最新版的食用植物圖鑑，針對北方森林中的草木花果。

他不喜歡電視，轉而愛好閱讀，書本很重，又經不住粗魯的使用，於是他猶豫著該帶什麼書，決定去問卡列伯。卡列伯反問他：「最偉大的作家是誰？」布萊恩答不上來，卡列伯告訴他：

「莎士比亞。」

「我從來沒讀過。」

「那麼，現在就是開始的好機會，」卡列伯說道：

「讀的時候，大聲念出來。」

「一個人也要啊？」

「這樣比較容易懂。那都是台詞，本來就要大聲朗誦。試試看吧。」

布萊恩那些時候在森林裡靠自個兒學到了許多（雖然有幾次後果慘不忍睹），於是他帶了食用植物圖鑑，希望能夠拓展他的知識，知道要吃些什麼才能安全無虞。莎翁滿足心靈，圖鑑滿足胃袋。

三枝免削鉛筆，還有替換的筆芯。四本有畫底線的小冊子。

他不常寫日記，現在也不希望自己被這給綁住。但是他和卡列伯變得非常親近，某方面來說，比跟父母還要親近。布萊恩覺得自己可以記一篇連貫的長信給卡列伯，而不是幾張信幾張信地給他。等到有辦法寄送時，他可以一次寄出一整本。

露營器材和補給品：一個精確的羅盤。

布萊恩有想過攜帶類似衛星導航的儀器，但又對複雜的系統缺乏信心，決定另謀他圖。否則只要一滴水滴錯了地方，或者往石頭上碰那麼一下，儀器就報廢了。再說，他可以向駕駛拿精確的地圖，每座湖都是地標。

兩個結實的背包，要有骨架。一柄小型營地鏟。

對國際局勢的瞭解這回幫上了忙。蘇聯解體後，崩壞的軍事結構留下了過量的鈦金屬。有些企圖心強的俄國人想到一個點子，用非常輕巧、強度驚人的鈦金屬做成營地鏟。布萊恩郵購了一柄。

小巧、品質良好的巨蛋型雙人帳棚，而且是出入口透明的那種。

他也不確定這頂帳棚能撐多久，也許就到某隻熊決定把它撕爛為止，但這至少能有一陣子讓布萊恩睡起覺來免於蚊子的打擾。

抗寒到攝氏零度的睡袋。

以夏天而言，這袋子是暖和得過頭了。但是布萊恩顧慮的是秋冬夜裡，那種凝滯、深刻的寒意。現在他可以攤開袋子睡在上頭。

兩只鋁鍋，兩公升和四公升的，有蓋。一個大的金屬保溫杯。兩公升的儲水器。

不必炸鍋也不必油。更不需要瓦斯爐。他已經用火煮慣了，比較喜歡這樣子。況且，要是他用瓦斯爐來做

菜，就得帶瓦斯爐的燃料，那又是一個大問題了。

一盒鹽，套進塑膠袋。

他在森林間久違鹽的滋味了。

三盒方糖，套進塑膠袋。

他愛吃甜食。

三盒三公升半的夾鍊袋。可以喝上幾個月的茶葉。

四罐維生素C、三罐綜合維生素。

一開始他不打算帶維生素，但是他媽媽和卡列伯很堅持。他媽媽不知道布萊恩會自己過上一段日子，也許要好一陣子，但她就是希望布萊恩吃維生素。「你要去拜訪的那些人都用不著維生素嗎？」

「斯彭。媽，人家是姓斯彭，不是『那些人』。」

「隨便啦。他們肯定用得著，你帶給他們吧。」

一袋二十五磅的糙米，包在垃圾袋裡頭。三十個塑

膠袋一捲，給器具和背包擋水。

他在閱讀中發現：世上絕大多數的文明似乎都建構在稻米之上。他在家裡有用稻米做過菜，但用得不多，他媽媽不喜歡。稻米雖然淡而無味，但是可以和其他食物混合。他打算今後用稻米來配魚肉野菜。

麵粉、麵包、糖果都不用，也不需要披薩的配料（卡列伯曾經打趣著建議過）。不要冰淇淋或者汽水。他先前在森林裡求之不得的東西，統統不要。那不過是泡沫般的歡愉，他這輩子再也不會渴望，也不會需要了。

最基本的急救箱。

雖然無法縫合、處理大傷口，但是裝滿了醫師開的抗生素，好治療他可能碰到的感染。還有防蚊液。

八盒防水火柴、三個丙烷打火機。

布萊恩記得生火的困難。他也可以用手斧和石頭來生火，但事實上這是他想要倚賴現代的部分。他還要帶一支放大鏡，好把他感興趣的東西看個仔細，出太陽的時候，還可以用來生火。

衣物：兩條寬鬆的健行長褲。一雙柔軟的健行鞋。四件T恤。兩件耐寒的套頭羊毛衣。一件套頭的厚外套，透氣防水還有附帽子。紡織的軍用腰帶，可以掛上小刀和手斧。三雙運動襪。三條多口袋的健行短褲。三條短口褲。兩頂鴨舌帽。一套縫紉組，有各色針頭和四捲粗線。一捲上了蠟的車線，還有粗針。一包針線盒。三塊蜂蠟用來保養車線和弓弦。

列到這裡，他希望能夠縫製皮件，尤其是鹿皮靴。健行鞋是不錯，但他想縫一雙鹿皮靴。鹿皮靴比較輕便，雖然磨損得很快，但是他可以透過鞋底感受地面，行走起來更安靜。

十呎見方的防水布。八分之一吋的尼龍繩兩百呎，

就是降落傘的纜繩。

在他們準備從瑞尼爾起飛的時候，他還在飛機旁邊的水裡，撿到了三磅裝的舊咖啡罐。

10

重新融入森林

親愛的卡列伯：我今天遇到一個意外的旅伴。我很慶幸她沒待太久，但是她真的替我解了點悶。

這會兒，他總算可以獨處了。

他在蓮葉間操著獨木舟，罐子裡頭燃著一小堆火，他任煙霧籠罩著，將蚊子趕走。魚兒四處穿梭，他看到數十尾青鰓魚藏在蓮葉下頭，還有其他的魚，是太陽魚吧，倏忽即逝，轉眼之間只見到腹部的鮮黃。不時有狗魚在蓮間獵食，一擊之下魚兒四散而逃。他晚點會吃些東西，現在不過下午，飛機剛剛離開，引擎聲彷彿還盤旋耳際。天黑之前，他還有時間划到這座小湖的盡頭，還有時間紮營。

他微笑著想到他們降落的時候。駕駛先把另外兩位先生放下，減輕重量，好節省燃料，於是這趟航程當中就只剩他們兩個人了。一百哩的飛行差不多要花掉四十分鐘，引擎聲震耳欲聾，他們也沒再多交談。

駕駛一下子往後靠，扭過身喊道：「你確定你一個人沒問題嗎？」

再沒問題不過了。布萊恩心裡想著，正要大喊出來，卻只點了點頭。一直到降落之後，滑行到湖泊盡頭一個停泊口為止，他們都沒有再多說什麼。

「你在這裡，」駕駛從包包的夾層裡拿出一張地圖，遞給布萊恩：「這座小湖叫做培森湖。你得順這條溪往北，到自由湖，然後經過一連串的湖泊……」他攤開地

圖：「一直到威廉湖。斯彭家就在這裡紮營。他們原本住在東北角，但是魚寨得繞著湖邊移動。如你所見，這座湖挺大的，我估計有八到十哩長，湖面也不算窄。你可能得找一找。」

他把地圖交給布萊恩，幫布萊恩卸下獨木舟，把行李搬上去。布萊恩一開始先站在飛機的氣墊上，把地圖折好，將所在地朝上，塞進一個塑膠袋裡好防水。接著才涉水走上岸。

「秋天再見啦。」駕駛招呼了一下。

等到布萊恩離得夠遠之後，他才啟動引擎，頭也不回地起飛而去。

布萊恩立刻走到湖岸，把獨木舟拽上草坪，打理一下裝備。他將所有鬆動的東西都繫上橫柱，綁到獨木舟上，用防水布統統蓋起來，只留下弓和箭袋在外頭。就算落水或者獨木舟翻覆，他也不會損失所有行李。布萊恩張了張弓，確認弓弦穩當地扣在兩端，然後把弓放在防水布上觸手可及的地方。雖然沒有紮緊，但是弓箭都會浮在水上，即使獨木舟突然翻覆，也不會搞丟。

天氣很熱，布萊恩換上短褲，脫掉T恤，捲起來塞到防水布下頭。救生衣就在手邊，但他靠著岸邊移動，水深不過及腰，然後接到一條小溪。他實在不太想穿上救生衣。這樣子似乎不太安全，但是陽光灑在赤裸的肌膚上，感覺如此美好，他想要無拘無束一會兒，等進到水比較深的地方就會穿上了。他把帽子也脫了，捲起來擺到背包的側袋裡頭。一如往常，眾多的蒼蠅蚊子襲來，但是獨木舟底部的罐子一陣一陣地散出煙霧，把蚊蟲趕到岸上。

布萊恩不慌不忙。他認為自己或許再也不必心急，於是轉眼間就投入他時而念及的森林歲月。在森林裡，不是要去弄清楚發生了什麼事，或者發生在哪裡。他常常想起以前見過的那一匹狼，牠穿過森林，眼觀四面、耳聽八方，從從容容地，不放過任何細節。

布萊恩現在就是如此。樹葉搖曳、微風吹起、小鳥鳴啼。他緩緩地、靜靜地呼吸，沿著湖岸，和緩地搖動船槳。他將一切盡收眼底，就和過去一樣，完全融入森林，以致於被跳進獨木舟的鹿嚇了一大跳。

11

意外的紮營

親愛的卡列伯：我今天瞭解了所謂的計畫，以及計畫不見得能按表操課的原因。

猛地，一頭有著白色尾巴的母鹿從右手邊的樹叢中飛竄而出，足足騰空八呎高，然後從布萊恩身邊衝撞過來，速度快到他沒聽見任何預警，好像有什麼東西在她眼前霧成一片似的。布萊恩後來揣測，應該是蚊蠅在攻擊這頭母鹿的眼睛，讓她暫時失明。

她企圖鑽進水裡，想把頭埋進去，以甩開那些蚊蟲。

母鹿幾乎就掉落在獨木舟正中央，貼近布萊恩腹部。

她想要掙脫出船隻。

布萊恩在書上看過，有個人開著旅行車，意外撞上了一頭公鹿。那頭鹿從側面被撞上，躺在路上，動也不動。那人停下車，以為鹿死了，不想浪費鹿肉，就把鹿放進車子後座。但鹿只是暈過去而已，才開了四哩，鹿就醒過來了。那人說，狀況就好像有顆炸彈在車子裡引爆了似的。為了保住一命，他打開車門，在車子行進間跳下車。那頭鹿踹穿所有窗戶，包括擋風玻璃，才終於逃出車外，揚長而去。

布萊恩眼前的狀況也差不多。那頭母鹿橫躺在獨木舟上，前腳和腹部著地；她的腦袋越過側邊栽進水裡，所以掙扎著要抬起頭來（也許以為自己在什麼圓木上頭吧），一抬頭就和布萊恩四目交接。

誰被誰嚇到還不知道呢！

「喂……」布萊恩才開口，母鹿就對獨木舟又撞又踹的。但是母鹿的後腳搆上了船舷，像塞子般插了進去。

轉瞬間，布萊恩就在這四下無人的地方摔了個四腳朝天，心想著，我來這個地方把自己搞得頭下腳上、滿肚子水，還攪和在獨木舟、行李、蓮葉跟泥巴當中，實在是太妙了。

「嗚哇啊！」布萊恩大叫了一聲，吐出泥巴和水：「搞什麼……」

他還沒搞清楚狀況，但當他站起身來，看到那頭鹿跳進水中，往岸上的樹叢離去時，他立刻就明白了。水深及腰，四周滿是弓箭、翻倒的獨木舟，還有行李。行李裝在塑膠袋裡，始終保持乾燥。

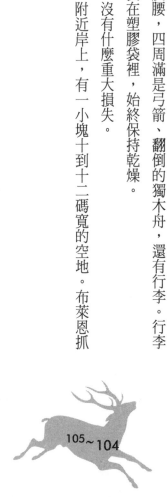

沒有什麼重大損失。

附近岸上，有一小塊十到十二碼寬的空地。布萊恩抓住獨木舟側邊，拖到湖岸。他卸下背包，將弓箭和備用槳一起擺到草坪上。背包裡的裝備都包在塑膠袋裡，但他漏了睡袋，所以睡袋濕了，還好並未濕透。因為睡袋捲在袋子裡，水只從一端滲入，但還是得烘乾。

「好吧，我想……」他四下打量了一下這塊空地：「這倒也是個找營地的法子。」

他翻過獨木舟，把裡頭清空，然後拉到草地上，再翻過來，把睡袋攤在陽光下晒乾，並搭起帳棚。

蓮葉間有魚，布萊恩站在深及腰部的水裡，空著鉤子放線，在自己的腳邊釣魚。鉤子是金色的，閃動微弱的光芒，不需要餌，魚兒也會上鉤。他釣到了五、六條巴掌大的食用魚，是青鰓魚和較小的棕色魚混種的，很像是莓鱸的近親，或許是岩鈍鱸吧，反正肯定美味。他把魚洗好，去鱗，連同清水放進大鍋裡。

布萊恩花了半個鐘頭蒐集乾燥的漂流木，足以供夜裡使用了。他生起火，把魚擺到火苗的一端，再用小鍋子裝了一杯水和半杯米，擺在火苗另一端。從昨晚後，他就沒有吃東西，今天晚上要大快朵頤一番。

不到十五分鐘，魚就煮好了，飯煮了半個鐘頭。布萊恩把魚肉挑出來，放進金屬杯裡，等到米也煮熟，就把魚和一些鹽巴加到飯裡。布萊恩用湯匙吃飯，然後把鍋子洗乾淨，再用大鍋燒開水，裝滿三升半的容器，以應付明天所需。布萊恩還為自己準備了一杯晚茶。

燒開水時，他努力為營地做了些防熊措施。在他重返文明之後，他研究了很久，知道熊最大的特質，就是聰明，以及不可預測。為了確定自己身上沒有任何食物氣味，布萊恩把魚骨和魚皮埋到離營地很遠的地方，接著把尼龍繩一端綁上樹枝，以增加重量，再高高拋過附近一棵樺樹枝幹，離地三十呎高；兩個背包則綁在繩索上，拉到十五呎高的空中，然後將繩索紮牢。聰明的熊或許知道要咬開繩子才能讓包裹落地，但他懷疑這附近有多少熊會這麼聰明。

睡袋已經乾了，布萊恩把它拿進帳棚，然後坐在火堆旁，一邊啜飲加了方糖、熱騰騰的茶，一邊檢查弓的狀況。弦上的蠟塗得很均勻，水並未滲進去，弓的本體也上了一層防水漆。

箭就另當別論了。箭是用裸木做成的，他並未花心思去上漆刨光，羽片也都濕透了。他小心翼翼地檢查每一支箭，確定都還保持筆直。其中有兩支微微歪斜，便放在火上輕輕地扳轉，直到筆直。

這些關於弓箭的知識都來自他讀過的書，是以前的弓箭手寫的。

接著，他小心地把箭逐支從火上刷過，以烘乾羽片，但又不至於燒捲。這道手續得全神貫注，所以布萊恩不慌不忙，聽著火堆的劈啪聲，不時添一、兩根樹枝。夜裡圍繞著他的森林，變得愈加鮮明。

森林生氣勃勃，樹木在黑暗中更形生動。許多肉食動物都在夜晚出沒，這時候捕捉獵物比較容易得手。然而，許多小動物，譬如老鼠、兔子等，也都在夜裡行動，因為比較安全。

布萊恩的耳邊充斥著沙沙作響的摩擦聲、細枝斷裂聲、毛髮擦過樹葉的聲音。布萊恩猜想，那兒有隻松鼠穿梭在樹冠之間，還有隻……很難說，可能是老鼠或兔子，在森林底層走動。

突然，他聽見遠處傳來一聲慘叫，有隻兔子被逮住、殺死了。那聲音，聽起來就跟人類的嬰兒被抓時，所發出的聲響非常相似。布萊恩聽到了兩聲，然後那隻兔子就落入狩獵者——狼、狐狸、臭鼬、鼬鼠，或是貓頭鷹——口中了。森林當中，兔子和老鼠位居食物鏈底層，人人得而食之。布萊恩又聽到兩聲慘叫。

死了三隻兔子。他烘著箭，一邊在腦袋裡盤算著，一小時內死了三隻兔子。他能聽到的慘叫聲，再遠也不過幾百碼，範圍在方圓半哩之內。也就是說，荒野的夜晚，每一平方哩內，一個鐘頭有六隻兔子被殺死。然而還是有滿坑滿谷的兔子四處奔竄，到了冬天還會把小路塞得密不通風，在雪地上造成交通阻塞。

布萊恩甩了甩頭。真是胡思亂想！兔子，實在是種美味。他吃過不少，以後還會吃掉更多，就是這樣。

天色已晚，月亮冉冉升起。布萊恩烘乾了箭和箭袋，滅掉火堆，拿著配備和弓箭走進帳棚。

布萊恩正在適應某種時差，也就是從文明回到森林的震撼，但他累了。他爬進睡袋，把小刀、手斧和弓箭放在頭旁邊，往後一靠，躺下來睡覺。

幾分鐘過去了。他躺著傾聽森林，回想這一天。他原先並不打算在這裡紮營，從地圖上來看，這裡距離下一座湖不過幾哩，他原本打算到了那兒才紮營的。但那頭母鹿的出現，把他的計畫全打亂了。

布萊恩心想，這個營地就算是她挑的吧。一陣睡意籠罩了他，閉上眼睛，微笑著讓這一天就此帶過。

12

順流的美景

親愛的卡列伯：我今天到了一個美不勝收的地方，我想，就算是莎士比亞，也難用筆墨形容。

地圖上顯示，這一連串小湖泊，大約綿延了三十哩；各個湖泊之間，都有著一條蜿蜒的河流，整個河道平均分布，每條湖泊大概都有三、四哩長，湖泊之間的河道也是三、四哩長。但是布萊恩必須先確認這張地圖夠不夠精準。

天剛亮，太陽才開始晒暖帳棚，布萊恩就醒來了。晴空萬里無雲，他把獨木舟翻過來，準備放下行李，就看

見了熊的痕跡。

夜裡來了一頭中等大小的熊，悄無聲息地接近，所以布萊恩並未發覺。其實是因為布萊恩睡得太沉了，就算熊弄翻了桶子，他也聽不到。

熊並未造成損害。牠的足跡來到火堆前，接著轉到埋殘渣剩菜的地方，把魚骨頭挖出來吃掉了。熊曾經來到帳棚前，顯然還往裡頭望了望布萊恩，接著就往行李那邊去了。

布萊恩看得出來，那頭熊試著站起來抓搆行李，因為樹上有爪印。但牠沒弄清楚是繩索吊住了行李，就離去了，並未進行任何破壞。

「來了客人，」他說道：「我居然還可以睡得著。」

布萊恩把獨木舟推入湖岸的水中，裝上全部行李，再次綁好每樣東西。他花了點時間蒐集小木塊以及樹葉，放進罐子裡，以便熏煙驅蟲，接著便跳進了獨木舟。天色尚早，但已經夠暖和了，他迅速換上短褲。

他把地圖放進乾淨的塑膠袋裡，並塞進面前的繩索下。他沒有坐在小椅子上，而是跪著划槳，他覺得比較穩固。

在獨木舟上，他並不如自己所預期的那麼有自信。他曾把獨木舟帶到家附近的一座小湖上練習，也在其他地方租過獨木舟。但因一時的鬆懈，讓那頭母鹿竄了進來，讓他警覺到，自己還差得遠了。

將重心放低，膝蓋著地，比較能操控自如。

他朝船尾坐著，行李則綁在船中央稍前的地方，讓獨木舟接近水平，比較容易掌握。他一邊搖槳，一邊端詳地圖。

只剩下一哩的路程便能越過這條湖，接下來就會進入河流。指南針在其中一個背包裡，但目前還用不到。地圖上，這些湖泊都畫得很精細，所以，很容易就可以看出這條河的流向。

只不過這並不是一條河。

布萊恩輕鬆地划到了湖泊盡頭。但當他抵達應該是河流出口的地點時，才發現這裡沒有水流。事實上，並不是一條小河串接著一連串湖泊，相反地，是地勢平坦，毫無坡度的一個湖泊。原來，在地圖上被當做是河流的狹窄部分，其實是座狹長、平靜的池塘。

非常狹窄的湖面上，樹冠茂盛，且相互連結。布萊恩搖著槳，穿過這片綠色仙境。

樹冠下，水面波紋不興。布萊恩可以在船舷邊看到自己眉目的清晰倒影，彷彿他正打從鏡子上頭划過似的。湖水清澈，而兩岸都是茂密的蓮葉，水面下則有著成群的食用魚藏匿其間。半個小時光景，他就看著一條約三、四十磅大小的鱸魚，在蓮葉外緣獵食。

在他頭頂的樹叢中，停滿了齊聲歌唱的鳥兒。歌聲交融成一片樂音，搖著船槳的布萊恩，不知不覺也跟著哼起歌來。

這條綿延、隱蔽的通道走到一半，布萊恩就遇到了一頭母麋鹿。她離船舷有段距離，頭部完全浸在水裡，拽著蓮葉的根。當布萊恩靜靜滑行，和她相遇，她就猛地抬起頭來，彷彿要直瞪著布萊恩。

布萊恩曾吃過麋鹿的苦頭。他覺得麋鹿都有病，他想，他大概會再次遭受麋鹿攻擊。他輕輕放下船槳，拿起弓箭。他先前已把一支箭擱在弓旁的背包上。布萊恩緩緩地將箭安在弦上，如有必要，就可以在麋鹿進攻之際抓起弓箭，至少讓麋鹿吃上一記。

距離那頭母麋鹿不到二十呎，可是她只管嚼著蓮葉根；湖水在她的口鼻處匯成金色的水珠，滴落水面，彷彿珠寶般。她好像沒有看到布萊恩，或許沒有吧。

布萊恩在書上讀過，麋鹿的視力很差，她也許把布萊恩當做一塊漂流而過的浮木。所以，當布萊恩經過的時候，她又把頭埋進水面，尋找更多蓮葉根。布萊恩退了回去，欣賞美景。

一整天，他都覺得彷彿置身畫中；這一幅美麗的風景畫，唯他獨享。他行經一條上有蔭蔽的狹長池子，接著越過一座小湖，視野就開闊了起來。然後又進入蔭蔽之下，穿過平靜的水面。

從來不曾有哪一天消逝得如此迅速，卻又如此美麗，他幾乎忘了要在天黑之前尋找營地，並且弄些吃的。他還沒吃膩燉魚和米飯，所以在傍晚時，花了點時間回到蓮葉邊，拋下釣鉤，馬上就用空的鉤子釣到一條大太陽魚，還釣上三條比較小的，他將全部的魚用一小段尼龍繩從鰓穿過嘴巴，吊掛在一旁。

布萊恩從容地尋找紮營地點，最後挑上一處距離湖面五、六呎高，大概二十碼見方的平地。那一帶有許多這樣的空地，或許都是水獺在好幾年以前，砍倒了小樹木所打造，好讓草皮接掌這裡。

布萊恩將獨木舟往草坪上拖了好長一段距離，也不知道為什麼，又拿了一段繩子，將船舷綁到一棵樹上。再過不久，他就會讚嘆自己的遠見。前一晚，布萊恩並沒有這麼做，既然這個地點比水面高出許多，其實不需要擔心獨木舟是否安全無虞。

暴風雨卻在午夜時分來襲了。

13

漫長的一夜

親愛的卡列伯：今天沒什麼好報告的，除非把往自己腿上射了一箭算進去。

風並沒有很大，跟他先前首次在荒野闖蕩時所經歷的龍捲風相比，還算過得去。雨雖然下了不少，但也不是太大。然而，風雨交加。

煮好晚飯後，布萊恩好好地吃了一頓；然後燒好第二天所需的開水，再把行李拉到樹上、搭起帳棚、鋪好睡袋與武器後，便坐在火堆邊，在一本簿子上寫信給卡列伯，說說今天的遭遇。字寫得很小，以免浪費紙張。

寫好之後，他把簿子放回塑膠袋裡，然後爬進帳棚，準備睡覺。

他注意到兩件事情，但沒有放在心上。首先是，蚊蟲蒼蠅似乎沒有先前那般猖獗。其次，入夜後，有塊厚實的雲層逼近，空氣之中瀰漫著一股緊張氣氛。

他研究了一下地圖。看來他似乎走了二十多哩遠，難怪他會這麼累。還有八十哩就抵達威廉湖了，以他現在的速度來看，差不多還要四天。

一躺下，他就沉沉入睡了。

一道陌生、巨大的聲響喚醒了他。並不是打雷，因為完全沒有打雷或閃電；也不是龍捲風那種列車行進般的嘶吼。而是剛開始有點沉沉的，雨勢嘶嘶沙沙地往帳棚推進。他聽了一會兒之後，又窩回睡袋裡頭。他有著良好的庇護，水也進不來；雨要下，就讓它下吧。

雨勢逐漸加大，絲毫沒有停歇的跡象。先前不大不小的雨，開始轉為傾盆大雨，終於成為毫無保留的暴雨。風隨著雨勢而來，雖不強烈，但足以折斷樹枝，也把雨催得更加逼人。

不一會兒，布萊恩就發現雨水從帳棚底下滲入，弄濕了睡袋。他撩起帳棚摺蓋，往外看去，但伸手不見五指，什麼也看不到。

雨勢愈來愈大，風也愈吹愈烈，一刻不停歇，最後還竄進了帳棚。帳棚從布萊恩身邊應聲倒下；他趕緊滾過草地，朝空地的邊緣撲去。

簡直是天旋地轉，一發不可收拾。布萊恩一時找不到帳棚開口，當他覺得好像已經找到時，帳棚已從五呎高的堤岸落下，於是他被帳棚裹著，一路滾到湖岸。

布萊恩屁股著地，右大腿上方傳來一陣熱辣的劇痛。

他伸手往下一摸，一支箭桿從他的大腿裡頭穿了出來。

這下可好，布萊恩心想：我射中了自己的大腿。他當然沒有放箭，只是當帳棚從堤岸滾落之際，有支箭掉出箭袋，而他正巧滾到那支箭上頭。

布萊恩分不清天南地北，還好摸得到自己的大腿，於是抓住箭桿，硬是從大腿拔出。猛烈的劇痛讓他幾乎痛昏過去。但他撐了過去，隨即又聽到一陣奇怪的隆隆巨響，有東西砸上他的腦袋，讓他暈了過去。

過沒多久，布萊恩清醒了，頭和腳都疼痛不已，根本搞不清楚發生了什麼事情。他仍然裹在帳棚裡，睡袋則塞在臉上，弓箭散落四周；他彷彿身在水中，幾乎是在游泳。

好吧，他想，一次先搞清楚一件事情就好。

我用箭扎進了自己的大腿。

有了，太好了。我把箭拔出來了；我的腳還能動，想必不是寬箭頭，因為並沒有扎得很深。太好了。

帳棚塌了。對，又搞清楚一件事了。我在帳棚裡頭，帳棚塌了；我得找出開口處的拉鍊，離開帳棚，爬回岸上。冷靜下來，冷靜下來。

有東西打到我的頭。是什麼呢？沉甸甸的，而且很大。是獨木舟。風把獨木舟吹翻，砸到了我。

好，我扎傷了自己的腿，滾到了湖岸，而且被獨木舟砸到頭。事情很單純，總能弄清楚的。

布萊恩四處摸索，終於找到帳棚前方開口的拉鍊，拉開，鑽了出去，並滑進湖岸的泥濘裡。

雨水仍鋪天蓋地下著，風也依舊挾著雨勢呼呼作響，撕打著布萊恩。布萊恩看清了狀況，實在無計可施。於是，他把帳棚拖回堤岸草地上，但因腿部疼痛而一瘸一拐的。

太暗了，什麼都看不到，還好布萊恩認出了獨木舟上下顛倒擱著的輪廓。獨木舟已從布萊恩原來擺放的地方，足足移動了十呎，要不是他把獨木舟鬆鬆地綁著，獨木舟可能已經被吹到湖的另一頭了。

他忘了在荒野生活最重要的事情：要提防意外狀況。他原本以為自己永遠不會忘記的。你以為不會碰上，但偏偏就會逮住你。要做最壞的打算，等到真的沒有發生，再來慶幸。

不過他仍做了一件正確的事：把獨木舟綁到樹上。他把帳棚拖到獨木舟旁，然後爬到獨木舟下方，並躺在帳棚上，度過這個夜晚。耳邊風雨交加，布萊恩因為腿上的疼痛，不時蜷縮起來，覺得自己十分愚蠢。

這真的是漫長的一夜。

14

初遇莎士比亞

親愛的卡列伯：我今天讀了點莎士比亞，我想他改變了我的一生。

今天，裝備跟布萊恩兩者都需要大肆修繕。

既潮濕又陰暗的黎明時分，布萊恩花了整整一個鐘頭，才找到了些乾燥的木柴與樹葉，然後生起一堆還算像樣的火，同時也不斷地斥責自己——把什麼都忘得一乾二淨——不但沒有在帳棚周圍挖好雨溝，讓營地安全無虞，也沒有把木柴帶進帳棚，不然，早上就有乾燥的木柴可以生火了。

他瘸著腿，穿梭在營地周圍的森林當中，直到找出一株樹皮還完好如初的柏樹幹。柏樹皮很能防水，美洲原住民就是利用它來做獨木舟的。布萊恩從樹皮下方拆了好幾片乾木柴，用雙手環抱著樹皮與木片回到營地；試了三次，終於點起了劈啪作響的火焰。這原本只要一根火柴就能搞定的啊！

火焰一接觸樹皮，就像煤油滲進紙張般擴散開來，隨即點燃了木柴。等到火勢穩定之後，他就把小塊的濕木頭放到火堆上。火焰烘乾木柴，也讓它開始燃燒，過了半個鐘頭，火勢就開始旺了。

他花了點時間查看自己的腿；有一處清楚的穿刺傷，不到一吋深。他從急救箱拿出消毒水，輕輕地擦拭傷口，敷上一塊紗布後，繼續做事。

風勢減弱，雨勢也緩和了，只有偶爾灑下幾滴，雲層隙縫也出現了藍天。他把行李攤開晒乾，並用尼龍繩固定在樹枝上。睡袋完全濕透了，帳棚也亂成一團。因為他得停留一陣子，所以再度把帳棚搭了起來。

這回他把帳棚拴得牢牢的，並用小鏟子在四周挖了一道排水溝，連著一條引水道，通到湖裡頭。

風將行李吹得緊緊纏在樹枝上，布萊恩費了好些工夫才解開，放到地面上。

他再一次烘乾箭和箭袋、檢查弓，然後讓獨木舟下水，又花了大約十五分鐘，捕獲六條肥碩的青鰓魚。將魚清理好後，加了大約一匙的鹽巴下去煮，然後再將米放到另一個鍋裡去。沒多久，他赫然發現一切就這樣打點好了。

日頭高掛，布萊恩甚至可以看到從愈烘愈乾的睡袋上竄出來的蒸氣。他往火堆旁的地上躺下，回顧所發生的事情。

就在他回顧一切的時候，腿上的傷口不時抽搐著，思緒也一樣。永遠別自以為是，要提防意外狀況，隨時做好萬全準備。

其實，不論他認為事情會怎麼發展，大自然仍然按照自己的規則在進行。布萊恩必須融入其中，深入大自然的本質，而不是他或其他人所揣摩的大自然。

布萊恩蒐集了晚上所需的木柴，攤在陽光下晒乾；也把魚肉剝下來混進飯裡，他有時候喜歡吃冷飯，於是擺到一旁放涼；之後將短褲晾在樹枝上，光著身子躺在太陽下打盹，也讓火堆的煙霧將蚊蟲驅走，補足前一晚在雨中錯失的睡眠。

他熟睡了四個多鐘頭，醒來時，火堆都快熄了。他趕緊往炭火上放些木柴，讓火堆重新燃起。

快接近傍晚了。他吃掉飯和魚肉，並泡一杯加了方糖的茶充當甜點。

到了傍晚，睡袋就已經乾了，於是他將睡袋放進帳棚。他覺得身上有點兒晒傷，便想取出T恤來套上，伸手時不經意碰觸到一本莎士比亞全集。

「讀讀看吧……」

他在學校就曾短暫接觸過莎士比亞，但並沒有很專心。他們當初讀的是《羅密歐與茱麗葉》，他知道內容是在訴說年輕人的故事，於是試著再讀一次。

他站在岸邊，大聲朗誦，起初覺得有點蠢，但他喜歡卡列伯、相信卡列伯，便結巴地繼續念下去，直到第二幕，茱麗葉說道：

羅密歐啊，羅密歐！為什麼你偏偏是羅密歐呢？

否認你的父親，拋棄你的姓名吧；

也許你不願意這樣做，那麼只要你宣誓做我的愛人，

我也不願再姓凱普萊特了。

就在此時，布萊恩身上發生了一件非比尋常的事。先前不論是在電視上，或是在學校裡聽到這個段落時，布萊恩都覺得茱麗葉是在尋找羅密歐，想要知道他在哪裡，呼喚著他。

但現在，他知道那是錯的。當他站在午後陽光下，對著湖面大聲朗讀時，這些字詞以外的意義，不知怎地就來到他面前了。茱麗葉其實並不是在呼喚羅密歐，而是在質問他為什麼生錯人家，姓了蒙太古，如果他不是姓蒙太古……

過了幾行，他又讀到茱麗葉說：

姓名本來是沒有意義的；

我們叫做玫瑰的這一種花，

要是換了個名字，
它的香味還是同樣芬芳。
布萊恩明白了，彷彿眼前的世界豁然開朗。他終於明白莎士比亞要表達什麼了。茱麗葉對羅密歐的愛意，還有對於兩個家族之間的鬥爭所帶來的煎熬，感到苦惱與絕望。

在布萊恩出生前的好幾百年，這個人就寫下了這些。那是一個與布萊恩現在所身處截然不同的世界，就好像處在不同的星球一樣，但布萊恩都明白了……

這讓布萊恩震驚。他站在北方荒野的湖畔，讀著一篇三百多年前寫下的愛情故事，卻能夠完全明白他們的感受，還有苦痛。

他闔起書本，盤腿坐在草地上。太陽逐漸西斜。他想到，沒有遇見莎士比亞之前的這一生，究竟虛度了多少光陰。一滴淚水從他臉頰滑下，是為了茱麗葉和羅密歐而流，也是為了莎士比亞而流，但願他還在人世；更為了自己的遺憾而流，為了瞭解悲傷的美好而流。

15

男孩與狼的二重唱

親愛的卡列伯：美景愈發不可勝收，城市的一切，幾乎離我而去。

他不確定是不是有什麼吵醒了他，或許只是因為白天狂睡了一陣。無論如何，在一片沉寂的午夜中，他突然睜開雙眼，坐起身來傾聽，用嘴巴淺淺吸氣，免得發出聲響。

什麼也沒有。

他傾身向前，拉開帳棚向外看。還是什麼都沒看見，至少什麼也沒聽見。但是，映入眼簾的一片景致，令他屏息。

萬里晴空，滿天星斗，半滿的弦月向湖面灑下銀色亮光；一道銀白跨過湖面而來，強烈呼喚著他。他拉開帳棚，走向獨木舟，把它翻了過來，往外推到水面上。深夜的寒意讓蚊蟲消聲匿跡。他將船槳輕輕一盪，獨木舟便從岸邊滑開，劃進灑在水面上的銀色月光。

船槳輕輕一推，便滑過平靜的水面，穿過蕩漾的銀白。潛鳥啼叫，應該是從左手邊的某處傳來，但迴盪的聲音漫溢在整座湖面上，彷彿也與月光融合一氣，似乎也顯得隱約可見。有半分鐘光景，他可以看見聲音懸在那兒，就在月光當中。接著潛鳥又啼了一聲，也許是另外一隻在回應。突然，就在湖泊彼岸，大約一百碼左右的地方，有匹狼在嚎嘯。

那聲音，將悠長動人、悲歡驚駭，全部凝聚其中；銳利的嚎嘯，一開始拔高，接著壓低，最後暗啞收尾。

一陣雞皮疙瘩直衝布萊恩後頸。他深吸了口氣，回應嚎嘯，並試著配合對方的音調，同樣在開頭拔高，然後努力壓低，曳過尾聲。

接著，就是等待。十秒，二十秒，整整過了一分鐘，那匹狼又呼喚了一次；和上次不同，這次，聲音一路壓低，幾乎是在呻吟。

布萊恩又回應了牠。

就這樣，他們你來我往了三次，最後，布萊恩應和著那匹狼的嚎叫，一同唱了四曲。月光下，男孩與狼二重唱，歌頌著一切的美好。直到那匹狼疲倦了，不再出聲。布萊恩又嚎叫了兩回，但沒有得到回應，於是停了下來。

月亮緩緩落向地平線。布萊恩搖著槳回到營地，再度將獨木舟拉上岸，紮緊，然後鑽進睡袋。

他一開始並未入睡，而是躺著回想那匹狼、月光，還有潛鳥。等他閉上眼睛，睡意逐漸來襲之時，他覺得自己好像看到了那匹狼，或者說，好像看到融入夜色中的牠，穿梭在黑暗裡；樹林的氣味、聲音，猶如水流飛竄過牠身旁；牠駐足傾聽，然後又起步，悄無聲息地溜過月色與森林。

布萊恩與狼已經融為一體，狼就是布萊恩，布萊恩就是狼。

之後，他就睡著了。

他神清氣爽地醒來，又錯過了日出。是個晴朗的早晨，陽光將帳棚一側照得暖烘烘，於是他滾出帳棚伸懶腰，然後走出去將獨木舟翻正，推入水中。就在此時，他瞥見一些足跡。

有兩匹狼來過營地。一匹很壯，另一匹稍小一些；足跡圍繞著排水溝裡的帳棚、柔軟土地上的獨木舟，還有行李下方。由此看來，牠們幾乎查遍了所有東西，甚至還在獨木舟和帳棚上撒了泡尿才離開。雖不是一大泡，但已足以讓布萊恩知道，算是打招呼吧。

布萊恩微微笑著。牠們如果不是問候他，那就是在告訴他，他是個彆腳的歌手，看來應該是後者。

布萊恩把東西都整理好，放上獨木舟，離開前，又跑回牠們留下記號的兩個地方，蓋上他的記號。他撒了泡尿：你們也好啊！然後回到獨木舟上，滑離湖岸。

走不到一哩，便划進四周一片翠綠的濃密樹棚下。不知道距離下一座湖還有多遠？從地圖上看來，這座湖相當寬，差不多還要八哩才到得了第一個陸路轉運點，然後再半哩，才能到達至少也有六哩寬的下一座湖泊。

或許今天可以走完這兩座湖，這樣一來，距離威廉湖就只剩下六十五哩了。

蓊鬱的樹棚只延續了三、四哩，布萊恩來到那座八哩寬的湖泊。徐徐微風直接吹拂到他臉上，他套上救生衣，握著槳，直往湖心划去。

這樣的勞動其實還挺充實的。腿上的痛楚也幾乎消失了，他就這樣無意識地划著獨木舟越過小湖泊，通往綠色迴廊。這也稱不上什麼勞動，只是迎著風伸展手臂，讓船槳深深地吃住水，但感覺還真不錯。

他持續使勁，穩穩地前進，彷彿一切都很順利。但這是視覺所造成的錯覺，風往反向吹起了漣漪。他花了四個鐘頭才走完這八哩路。

「看來風勢還挺強的。」正想著，布萊恩就滑行到湖泊盡頭，風平浪靜的區域，陸路就從這裡開始了。「已經半天過去了……」

他把獨木舟拖到岸上，評估一下四周的狀況。他得帶著所有東西走上半哩路，而且，顯然無法一次搞定。

他把帳棚綁在獨木舟中間，再將船槳繫到座板下，調好平衡點，弓和箭袋也如法炮製。獨木舟上有個陸運用的軛口，正好可以圈住脖子，安放在肩膀上。

布萊恩用繩索將一個背包吊到樹上，以避開熊隻，另一個則掛到背上。接著將獨木舟翻面，讓船腹朝天，人則鑽到下方，用肩膀撐住軛口。

一開始，他覺得自己的腿彷彿一下子陷進地裡去了，獨木舟倒是相當平穩。他先醞釀一股衝力，然後開始前進，最後只花了二十分鐘就走完這段陸路。路上沒有任何行跡，蔓生的野草蓋過了所有腳印。但有塊長長的空地，而且，可能是在許久以前，有人拿了斧頭在松樹上鑿出了指示方向的刻痕。

或許是原住民狩獵時，經過此地所留下的，布萊恩心裡這樣想著。斧痕已經非常陳舊，幾乎要長出新樹皮，將痕跡蓋住了，而有些不過是小凹痕罷了。

這表示以前有人來過這裡，布萊恩對他們感到好奇。五十年吧，也許更久，說不定是七十幾年前。這些松樹相當高大，痕跡離地面也很遠。不論當初是誰留下這些痕跡，現在或許都過世，不在了，只留下這些斧痕。

他把獨木舟留在下一座湖泊，雖然沒有見到有熊出沒的任何徵兆，還是得將行李綁到樹上。布萊恩整好弓、上好箭、背上箭袋，即回到行李所在處。

他只花十分鐘就回來了；放下背包，卸下箭袋，背上包包；一手提著箭袋，一手握著安上寬箭頭的弓箭，動身前往獨木舟。

走沒幾步，他就看到了一頭鹿：是頭年輕的公鹿，角上還裹著鹿茸，角架子也還不大。

完美的一餐，布萊恩心想：太讚了！他自然而然升起了這個念頭，於是輕輕地將箭袋擺到地上，舉起弓來瞄準。那頭鹿就在三十碼之內，站在那兒，似乎一點兒也不害怕。布萊恩直盯著牠，而牠竟然就調過頭去，看向正在樹上鳴唱的鳥兒。

這一箭實在太輕鬆了，鐵定十拿九穩。你跑不掉了。布萊恩心想，一股興奮感幾乎就要從咽喉溢出。就要到手了。箭在弦上，布萊恩舉起弓，拉開弦，眼睛一瞄，用寬箭頭瞄準那頭鹿的心臟。最後，他卻停了下來，放鬆弦，垂下了弓。

秋天再說吧。天氣這麼熱，他無法保存鹿肉，只能吃個三、四餐，剩下的鐵定會壞掉。皮也不能用，絕大多數的肉都會浪費掉。

他還有魚，要多少有多少，吃多少抓多少。如果要換口味，可以抓抓兔子或松雞，不要抓鹿，現在還不要，太可惜了。

「謝謝你，」布萊恩大聲地說，感激那頭鹿，也感激狩獵之神對他的眷顧，給他這個得到肉的機會。「謝謝你……」

才一開口，那頭公鹿就被他的聲音嚇著，但還是在那裡站了一會兒，才轉過身去，沿著空地往前走了三、四十碼，然後輕輕一縱，躍進樹叢裡去。

「謝謝你。」布萊恩輕聲說道，目送著牠離去。

16

突來的訪客

親愛的卡列伯：我今天遇到一個人，他幫我找到屬於我的精靈。

當他回到剛才留下獨木舟的地方時，心裡還想著那頭鹿。他看向眼前的湖泊，風勢稍稍增強，吹拂著他的臉，如果運氣夠好，他可以在天黑時走到下一個段落。

站在那兒望著水面，好一會兒他竟然在想：我的進度落後了，然後才想起來，他根本就沒有進度。他到這裡是要學習、探索、追尋、體驗的，可能得四處闖蕩，甚至走回頭路。但沒有時間的壓力。

他又想到了那頭鹿，腦中隨即浮現魚以外的肉食。他突然餓了起來，便決定在這裡紮營，去打隻松雞或者兔子，做一道燜飯。這可比魚肉扎實多了。

布萊恩將獨木舟繫在一棵高高懸在湖面上的樹，把行李拉到半空中，找了些木柴以備夜晚營火所需。雖然沒有雲氣，他還是把木柴疊成一堆，擺在獨木舟下頭保持乾燥，這樣一來，就算下雨他還是可以生火。

接著他就去打獵了。

他再度背起箭袋，因為這次的目標很小，所以他從弓上取下寬箭頭的箭，放回箭袋，抽出圓箭頭的箭，搭上弓。這種箭頭很鋒利，兩側扭曲用來產生衝擊，比寬箭頭的刃邊更快致死。

他鑽進樹林，腳下踩著網球鞋，期望有雙鹿皮鞋。不過目前網球鞋倒還足以應付，草地也不算太濕滑。

一步，兩步，他慢慢踏進濃濃的綠意當中。一碼，兩碼，徐徐前進。他讓湖保持在左側，不時可以穿過樹叢看見湖水，不用擔心會迷路。

他一下子就看到一隻兔子，原本可以手到擒來，但這樣一來狩獵就結束了。他現在只管前進，緩慢地進入樹林，像一柄小刀劃過水面。森林在他的背後收攏，他的眼睛捕捉每個動靜，他的耳朵接收所有消息。

這才是我，布萊恩心想：一個獵人。他不再急切，比起殺戮的渴望，他更想看盡眼前一切事物。他耗掉整個下午，直到傍晚，大概天黑前兩個鐘頭。他看到了七、八隻兔子，每一隻都可以得手；還聽到幾尾松雞的動靜，看到了另外四頭鹿，其中兩頭布萊恩可以十拿九穩，但是他都放過了。在他掉頭回去的路上，一隻松雞蹦到他的面前，鼓著翅膀，飛到二十五碼外的枝頭上。

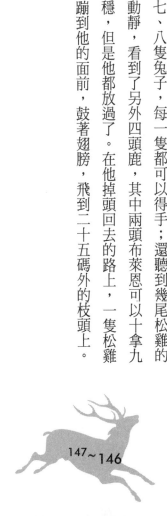

時候到了。他舉弓，拉箭，順著木製箭桿去看、去感覺，然後放箭，一切有如行雲流水，毫不拖延。

箭射向他看著的地方，幾乎命中松雞軀幹的正中央，把松雞從枝頭上擊落，掉到樹下的草堆裡，還掙扎了一會兒。

「謝謝你，」布萊恩輕聲說道：「謝謝你賜給我食物，謝謝。」

布萊恩拎起那隻松雞，拔出箭，就著草地擦了擦，用一小段尼龍繩把牠綁到腰帶上，動身回程。狩獵已經結束，但是他仍舊蓄勢待發，把箭搭在弦上。

天色慢慢暗了下來，樹冠遮掩著太陽，縫隙間還透出些亮光。他還有很多事要做：搭帳棚、生火煮飯、寫日記。他挑了條小徑走，在回到他留下獨木舟的地方前，茂密的樹林間飄著一陣煙的味道。

布萊恩停下腳步，那是松樹的煙味。他什麼都沒看見，也沒聽見，但這股煙味很好辨認，在他移動時，一下子飄散，一下子聚攏。

怎麼會有火呢？書上說打雷是森林火災最主要的原因，但是沒有風暴，也沒有打雷，而且才剛下過雨，不太可能會有森林火災啊。

又來了，那股味道。他往前走，停住腳步，聽到金屬敲在石頭上的叮噹聲，又繼續向前。

有人，就在前面，在營地那邊。

布萊恩彎下身子，一次一步，小心翼翼地前進，悄無聲息，一直走到樹林的邊緣。他撥開樹枝，往外窺伺。

一個男人背對布萊恩蹲坐著。有艘獨木舟擱在布萊恩的獨木舟旁邊，玻璃纖維的材質，十二呎長的制式規格，外表看來似乎歷盡風霜。那個人弄來了更多木頭，生了一堆火，正在煮一鍋水。布萊恩可以看到水蒸氣。看不到任何武器，沒有其他裝備，只有倒放著的獨木舟，還有一個人，一堆火。那個人有一頭灰色的長髮，夾雜幾許烏絲，沒有戴帽子，只紮了條髮帶，把頭髮綁成一束馬尾。

布萊恩端詳著，沒有動作，也沒有出聲。

「到火堆旁邊來吧，」那個人看也不看便開了口：「我這個人沒什麼好看的。我剛把馬鈴薯跟洋蔥放下去煮，可以再加進你打到的那隻松雞，燉成一鍋。」

布萊恩愣住了。那個人的聲音蒼老而沙啞，但是中氣十足，彷彿從四面八方響起。布萊恩想到自己還舉著弓，雖然沒有真的瞄準，但是已經搭上了箭。於是他把弓放低，踏出茂密的樹叢，走向火堆，將弓箭擱在自己的獨木舟旁邊。布萊恩的心裡充滿了疑問：他是誰？

他打哪兒來的？為什麼在這裡？但是他不用問，答案就出現了。這個人來自樹林，在布萊恩打獵時，乘著獨木舟過來的。他之所以在這裡，原因跟布萊恩一樣，就是身在此處，不需要理由。他叫什麼名字不重要，就像布萊恩的名字也不重要，所以沒什麼好問的了。

但有件事還是讓布萊恩想不透，「你怎麼知道我有隻松雞？」

「用聞的。你的箭射穿松雞的胃，沾上了一些，松雞的胃很容易聞得出來。」

「喔……」一陣風輕輕吹了起來，挾著湖泊的氣味吹向營地。這個人的嗅覺想必異常靈敏。

布萊恩走到湖畔，把松雞打理好。他將皮連著羽毛一起撕下，把松雞浸到水裡清洗。他一邊做事，一邊用眼角的餘光往岸上瞄，端詳這位訪客。他的年紀不小，布萊恩猜他至少五十歲，臉上滿是皺紋，日晒風吹加上煙燻，讓他臉色黝黑。也許是當地人吧，他看起來像是在樹林裡生活了很久。他的腳上套著磨損的鹿皮靴，穿著褪色的工作褲，工作襯衫往上直扣到領口，袖口也扣上了。一切都如同他的獨木舟，雖然老舊，但是保養得很好。襯衫修補過好幾次，是用手工一針一針工整地縫上的。雙手看上去彷彿是用陳年木材拋光做成的。

「大家都叫我比利。」那個人依舊低頭看著火堆。

「我叫布萊恩。」他帶著松雞回到火堆旁，用小刀切成一塊塊，丟到燉鍋裡。那是只老舊的鋁製鍋，起碼裝得下十公升。那些馬鈴薯已經開始滾了。

布萊恩放下行李跟睡袋。找出一些鹽巴，正要往燉鍋裡加，又停住手：「可以加鹽嗎？」

「不要太多。」

他放了一些，比平常的分量要少，接著拿出自己的大鍋子，把茶葉和飲用水放進去煮。

他們沒有交談。東西燉好之後，他們各自舀了一些到杯子裡，比利自己有個錫杯，相當老舊，並不隔熱，但他好像不太怕燙。他們一直吃到見底，連湯都喝光了。布萊恩把松雞的骨頭埋到樹林裡，之後他們就坐下來，喝著茶，看著營火。

天黑了，月亮還沒有露臉，他們沉默了好一會兒。布萊恩在胡思亂想，發現自己竟然正想念著媽媽還有卡列伯。他和這個陌生人坐在火堆旁，想念著自己的母親，似乎是很理所當然的事。他想知道她現在在做什麼。

「你用傳統的方式打獵。」比利這句話並非疑問。

「什麼？」

「用弓箭。你用傳統的方式打獵，沒有用槍。」

布萊恩搖了搖頭。「我不喜歡槍，那會震得太用力，應該說，太……太吵了。」

「那樣對動物是不對的，」比利說話會一邊舞著手勢，手掌一揮，指頭一比，隨著他樂音般的話聲起落：「太快了。該死的槍殺得太快了，沒有留時間給牠們弄清楚自己的方位，好把臉轉向東方。一被轟掉，牠們就沒辦法進入死後的世界了。箭殺得比較慢，讓牠們有時間準備好。我不用槍。那是壞精靈。」

「我今天看到一頭鹿，就在我前面。牠停下來看著我，掉過頭去，又回過頭來。我原本可以射牠的……」布萊恩不知道自己為什麼要說這些，但似乎該將這件事說出來。

「牠掉過頭去，是不是在看你要去的方向？」

布萊恩想了想：「沒錯。朝北順著陸運道。」

比利點點頭：「那是你的鹿精靈，牠在告訴你正確的方向。」

「鹿精靈？」

比利指著天空：「那裡。我有隻烏鴉精靈為我指路。你有鹿來幫助你。要聽從鹿的指示。」

「那麼……獵殺牠們是不對的嗎？」

「時候到了，牠們會告訴你。用心傾聽，牠們就會讓你明白。好比今天。」

布萊恩點點頭，他們又沉默了好一陣子。布萊恩想到那幾隻差點被他射殺的兔子還有松雞，可是都不太一樣。那頭鹿是特別的。他覺得累了，腿挺瘦的，雖然比今早動身時好，可是他逆風操槳了一整天，又是走陸路，又是打獵，他覺得身體僵硬，而肚子飽足，還傍著溫暖的營火。

「該睡覺了。」比利說道。

他走向自己的獨木舟，鑽到下頭，從座板下拉出一條舊毯子，把自己裹在裡頭，在布萊恩搭好帳棚以前就睡著了。布萊恩拉開開口，把睡袋拉進帳棚，腦袋還沒躺平，便已酣然入睡。

17 正面交鋒

親愛的卡列伯：我今天才明白，只要你準備好了，其實不需要真的動手。

布萊恩漸漸甦醒。整天賣力操槳所留在體內的僵硬感一掃而空，取而代之的是放鬆的舒適感，讓他覺得輕飄飄的。

他拉開睡袋，走出帳棚，赫然發現比利不在了。獨木舟、舊鍋子，全都不見了，而他完全沒有察覺。布萊恩朝營區外頭走去，緩過氣之後才回來，看到獨木舟的座板上綁了些東西。他靠過去，發現是一小撮白尾鹿的尾巴，棕白交雜，連著一小塊皮。旁邊綁了枝烏鴉羽毛，兩樣都在皮圈上。

這就是精靈，布萊恩心想。比利留給他了。他把皮圈套過頭部，把鹿精靈跟比利的烏鴉羽毛都掛在脖子上。現在他有兩種看待事物、瞭解事物的方式了。

他之後會再想到比利，想到他們如何巧遇，他會想知道比利的下落，就像他認為比利也想知道自己的行蹤一樣。但是現在他們只要坐在火堆旁吃鍋燉菜就夠了。整理獨木舟的時候，布萊恩覺得自己躍躍欲試，準備朝著地平線和天際尋回自己。不是去思考自己或衡量自我價值，只是一邊走，一邊好好看著這個世界。這是比利教他的，在比利說話的時候看著他的手，傾聽他話語中的旋律。

沒有風，布萊恩划獨木舟划得很辛苦。從地圖上看來，他已經走了三十多哩，差不多剩下六十多哩就到威廉湖了。

當天晚上，他又抓了魚做晚餐，吃了魚和飯。這一回空鉤不管用了，他得從朽木裡弄些蟲子。昨天晚上的燉松雞很美味，但是馬鈴薯在肚子裡沉甸甸的。米飯嘗起來倒是不錯。

他熟練地搭起帳棚，夜裡下起雨來。雨勢不大，也沒下多久，但已經足以打濕所有東西，也讓一切煥然一新。水從帳棚洩下，進到溝裡，一路匯進湖中，他睡得乾爽舒適。他醒了一會，聆聽雨打在帳棚上，然後又睡回去，直到早上陽光晒滿帳棚，這才再醒過來。

他當天划過了三座小湖，有小溪串聯其中。從第三座湖泊要往下一座湖之間的溪流太淺了，沒辦法浮起載著布萊恩的獨木舟，他只好赤腳踏出來，拉著獨木舟跟上頭的行李。下午近晚時分，他正沿著溪流涉水，就遇到了熊。

他先前看過熊，還被攻擊過，或者說是被翻來翻去過。他知道熊通常不會打擾人，只希望靜靜地過活。

那是隻年輕的熊，體型不至於大得嚇人，或許兩百二十磅重吧。當布萊恩拉著獨木舟來到一處彎口，牠就在溪邊，沿著溪岸翻動木頭，尋找蛆蟲。

「汪！」牠的聲音寫下來簡直跟狗吠沒有兩樣。簡潔明快地汪了一聲，就站起身來。

糟了。布萊恩知道熊很少主動攻擊，但是他也清楚當熊沒有跑開，而是站起來的時候，情況不太樂觀。而且這頭熊正站在離他不到十碼的地方。

布萊恩將弓箭留在行李上，箭有上弦，然而是圓箭頭，不是寬箭頭。圓箭頭對熊幾乎起不了作用，恐怕只會激怒牠。如果當時箭袋外面是支寬箭頭，他就能射向那頭可能撲倒他的熊。

他低下頭轉到一旁，避免眼神接觸，這可能會激怒牠。他仍舊握著獨木舟的繩索，慢慢地後退，繩索跟著扭成了一團。

熊四腳著地，撲向布萊恩。布萊恩往左邊跳開。熊停住看了看，往牠的右邊也就是布萊恩的左邊，對準布萊恩移動的方向。

布萊恩回到右邊，試著越過溪流往後退。

那頭熊衝到水中，這回朝牠的左手邊，逼得布萊恩另求退路。

牠在逼我，牠要讓我退到岸邊，布萊恩心想。牠想要我。

熊又往右邊虛晃一下，逼得布萊恩後退，忽左忽右，範圍不斷地縮小。布萊恩持續退後，拉著獨木舟，讓獨木舟擋在中間，呈鋸齒狀一路後退，跨過平淺的溪流，接近遠側的溪岸。

那頭熊在耍弄牠，也許就像貓耍弄老鼠那樣，前後撥弄，咬下一塊，按倒在地。布萊恩感覺到恐懼在體內節節升高，那頭熊對待他的方式好像獵物一樣，恐懼轉化成盛怒。

「不！」連他都給自己的聲音嚇了一跳。熊定在那裡，瞪著眼再次站起身來。

「別找上我……」布萊恩花了半秒衝到獨木舟抓起弓，又花了半秒從箭袋拿出寬箭頭，搭到弦上，舉著弓站起身來。

他們相距不到二十碼，而且四目相對。熊差不多和布萊恩一般高，牠的眼中沒有畏懼，布萊恩的眼中也沒有。兩雙眼睛彼此凝視，中間隔著利刃造型的MA－3型寬箭頭。

「走開。」布萊恩靜靜說道，一邊往下瞄，從熊的眼睛瞄向胸口的中心，對準心臟跳動的那一點，瞄定，便將箭尖落向他注視的地方，緩緩將弓拉滿，把箭端拉到下巴底下，再一次輕聲說道：「走開，現在。」

現在布萊恩沒什麼好準備了。箭和弓弦在他的指間微微顫動，寬箭頭對準了熊的心窩，那頭熊就站在那兒看著布萊恩。鳥也不唱歌了，獨木舟旁的漣漪也靜止了，這個世界只剩一個人和一頭熊，其他什麼都沒有。這一刻比時間更加蒼老，一個人、一頭熊、一片死寂。要是熊再往他靠近、咆哮，或者衝刺，只要苗頭稍有不對，布萊恩就放箭了。

然而熊猶豫了一會兒（這「一會兒」卻彷彿永遠），接著做了決定，從鼻子長長嘆了一口氣，四肢慢慢地著地，轉過身去，沿著溪床朝布萊恩來時的方向漫步離去，拖著腳步越過淺水，沒有回頭。

布萊恩的箭尖一路瞄著熊，直到確定牠真的要離開，才緩緩把弦放鬆，喘了口氣。拉弓拉這麼久，他的手不由得顫抖了起來。

「很好，」他靜靜說道，幾乎是在耳語：「這就好，我的精靈可是很強的。」

他有點訝異地發現自己是用比利講的方式在思考，好像唱歌一樣。他的左手還握著弓箭，動念之間，就隨著話語擺動右手，揮別來自天上的精靈，還有那頭熊。

好精靈。

18

順其自然

親愛的卡列伯：我終於到了我該到的地方。

如果還有些過去的什麼殘留在他身上，即使只是模糊的一小部分，也都隨著那頭熊離去了，在他以寬箭頭瞄準熊的心窩時離去了。他知道自己沒有恐懼，因為他和熊同樣有本事、同樣矯健、同樣為該做的事蓄勢待發。因為他知道自己可以射殺那頭熊，他以前會動手，但現在不需要了。他和熊保持平衡的關係。

和樹林保持平衡。

和自己的生命保持平衡。

那個晚上，他沒有搭起帳棚，但是生了一堆火。他連魚都沒有釣，只吃了飯加鹽巴，然後把獨木舟倒過來，一端靠到幾呎高的樹枝上，在下頭攤開睡袋，就直接睡了。蚊蟲來過一會兒，接著夜涼了，蚊蟲離去，他便酣然入睡。

第二天早上他泡了茶，整理好獨木舟，在長湖上前進了十哩，還走了兩段一哩的陸路，依據地圖來看，正好來到三十哩處，距離威廉湖還有斯彭家，大概還有三十哩路。

傍晚他又用空鉤子抓了魚來拌飯。在天黑之前讀了點莎士比亞，依舊是《羅密歐與茱麗葉》。他反覆讀了六、七遍，站在湖岸，向著湖水大聲朗讀，直到他覺得懂了為止。

就在結束之前，他發現自己有些聽眾。兩隻沿著湖岸覓食的水獺，仰躺在水面上，背部浸在水中，抬起頭來專注地聽著他反覆朗讀的一段：

天下間的萬物沒有棄擲，
什麼都有它各自的特色，
石塊的冥頑、草木的無知，
都含著玄妙的造化生機。
莫看那蠢蠢的惡木莠蔓，
對世間都有它特殊貢獻。

布萊恩念完，牠們就翻過身潛進水中，再也看不見。

「你們可以拍拍手啊，」布萊恩叫著牠們：「至少告訴我『莠』怎麼念嘛。」

但牠們走了。

他這次也沒有睡在帳棚裡，而是睡在獨木舟下面。晚上飄了點細雨，但是獨木舟遮住雨水，他沒有淋濕。快天亮的時候，他聽到嘶嘶沙沙的聲音，醒了過來。當他再睡時，就夢見了比利。

那是個詭異的夢。比利就在樹林當中，到處比畫：樹上的枝條、佇立的鹿、飛過月輪的雁鳥。接著他又比比自己，場景就轉換了。夢的最後，是比利指著布萊恩，再指著自己，然後又指著布萊恩。這時候布萊恩醒了過來，猛坐起身，頭還撞上了獨木舟的內側。

他坐了一會兒，搞不清楚自己為何醒著。雖然月光皎潔，而且東方泛起了魚肚白，但其實還沒天亮。沒有東西打斷他的睡眠，然後他才想起了比利和那個夢。

原來如此，比利就是他的精靈。或許鹿是吧，但比利也是。他突然覺得，遇到比利，就是遇到多年以後的自己，看上去用木頭雕成的一位老者，在森林當中自在穿梭，恬適地存在於樹林之中，他覺得那也不算太壞。

他起床生了火，配著方糖喝個茶，天還沒亮，就打包好划著獨木舟上路了。又是一連串的長湖，他當天就能夠輕鬆抵達威廉湖，到斯彭家。

他把槳壓進深處，船身隨著划槳擺動，行李紮牢了，上好寬頭箭的弓就擺在他眼前。他的身上只有短褲和精靈，掛在太陽晒成褐色的頸項上。他，還有獨木舟，湖泊、早晨、空氣。當他發現自己不在往斯彭家的路上時，他已經穿過這座湖走了一個鐘頭。

地圖很大。有許多湖泊、河流可以見識，更有大片的田園可以徜徉其中，斯彭家就晚點再說吧，時候到了自然就會碰上。他還要再往前走一會兒，也許隨著日落往西方去。

前面就是這座湖的盡頭，盡頭的前面是另一座湖，下一座湖的前面是一片森林，森林的前面就是他的人生。

那麼就拭目以待吧。

布萊恩彎下腰來往前傾，把槳深深劃入水中，再平穩地往後拉，胳臂肩膀吃住船身的重量。獨木舟彷彿活了起來，跳躍著前進。

他將追隨著他的精靈。

後記

這是最後一本以布萊恩為主角的書。不過，也許哪天我會把我生命當中與布萊恩相似的那些片段，寫成一本散文。

在寫作《手斧男孩》的期間，我才明白森林的真相，一旦明白，我就知道會發生什麼事——我知道自己會寫下這本書。甚至可以說，我從一開始，就知道自己會寫，而且在《手斧男孩》、《領帶河》、《另一種結局》之前，就確定這件事。

當你曾被樹叢以及荒野擄獲，世界從此不同。大多數的情況，是人們經歷戰爭所導致的後果，也就是創傷後症候群。或許也有部分的情況，是人們生活在荒野之中造成的影響，如果那影響算是好的，或是不太惡劣。一旦曾經讓大自然迷住，人們就不可能真正恢復正常。

我打從十一歲開始，就在明尼蘇達州的北方樹林打獵釣魚。小時候家裡窮困，我不能待在家中，大部分的時間都在林裡，這拖垮了我的課業。我帶著老舊的檸檬木製弓，幾支手製的箭，還有一把歷盡風霜的雷明頓點二二單發來福槍。這支槍是把半調子，不會好好退彈，我得用小刀尖把用過的彈殼挖出來。

這幾本書中，布萊恩經歷的所有情況，事實上就是我個人生命的一些片段。我在輕型機上經歷過兩次迫降，雖然沒有布萊恩在《手斧男孩》當中遭遇的墜機那麼驚險，但布萊恩的墜機可說是根據真實事件改編而成。

我用傳統弓箭打過大大小小的獵物，被麋鹿攻擊過好幾次，曾經有一頭母鹿跳進我的獨木舟躲避蚊蟲，也被熊玩過，就像書裡頭的熊對待布萊恩那樣。被當做獵物，真是個使人謙卑的經驗。

布萊恩吃的我都吃過，生火還有炊食也都一樣，也曾經像書裡頭的布萊恩那樣背著獨木舟、睡在下頭，還有在崖壁下以及地面的洞穴中過活，並且找到我信從的精靈。我和比利一樣，都是烏鴉。

將近十二年的時間，我完全在樹叢間過日子。當中大部分的期間，我都得用弓箭打獵，在田圃耕種，或者從樹上摘取莓子和榛果，才有東西果腹。

我在森林外有家要養，或許布萊恩未來也會有。我們都只帶了鹽巴、調味料還有衣物，食物住宿取暖，都來自樹叢和田圃。我必須要說，當時吃的食材，品質遠比我如今在店裡頭買的要好，不論是蔬菜或是肉類（雖然現在改吃素了）。那或許是我一生中最健康的時光。

只要你看過地平線，追隨著它，在大自然引人入勝的美景中過活，就不可能回到所謂的正常生活。和布萊恩一樣，我也試過。我在城裡買了間房子，有庭院以及鄰居，因為我以為應該這麼做。

不到一個星期，我就像關在籠裡的豹坐立不安，試著往外看，穿過城鎮，看向嶺地，還有森林。

我就是做不到。我回到新墨西哥的一間山中小屋，三哩外就有鄰居，只要十二哩路就可以到一座小鎮。雖然這裡的樹林規模較小，可是我可以看到樹木、天空，還有地平線。好一陣子這讓我免於精神失常。但還是不夠，這不過是喬裝的大自然，我不禁跨上馬背，出去走走，一去就是好幾天，直到眼前沒了路。到頭來和先前還是一樣：我坐立不安，拉扯著羈絆著我的抽象鎖鏈，苦於不能往地平線邁進。然後，我發現了雪橇犬，參加了兩次艾迪塔羅雪橇犬大賽。

兩次比賽之後，我罹患心臟病，必須放棄我的雪橇犬，不能在北方的嚴冬中過日子，這下子我被拒於荒野之外。我沒辦法像書中的布萊恩那樣回到林間，雖然我屢次嘗試。要是我沒有重新認識大海，我真不知道自己會變成什麼樣子。

大海拯救了我，現在依然如此。我始終寄情大海，過去曾經幾度搭著小舟出航，並沒有漂洋過海，只是在加州之內往返。但是有一次我離開海岸，豁然開朗，新墨西哥州山中的小屋還是太過「溫馴」（不知道能不能這樣形容）了。

我再次尋去，大海就在那兒，一如往昔。我花了兩年的積蓄，帶著艘三十八呎的帆船，往這塊或許是僅存的荒野邁進，航向太平洋。

而現在，是從一九九七延續到一九九八年的冬季，入春之前，聖嬰現象都會讓我無法橫跨太平洋，所以我坐在聖地牙哥，修理著那些好像只要放在船上就會壞掉的零件。

我和這艘船往墨西哥航行了兩趟，去看科提茲海。船也有生命，也有靈魂，而且的的確確是女性，她叫做幸福號。

去年春天，我乘著幸福號，從墨西哥走美國西岸，抵達通往阿拉斯加的內側航道，再掉頭往南到聖地牙哥，準備要啟程跨過大洋，前往夏威夷，接著抵達馬歇爾群島，從那裡出發到澳洲。

很不幸地，就如同布萊恩在《鹿精靈》裡頭學到的：

謀事在人，成事在天。聖嬰現象從中作梗，在聖地牙哥與夏威夷之間的海面上興風作浪，狂烈的西南風讓幸福號無法橫越。

於是我現在就著膝蓋寫下這些，公共碼頭的海鷗正為了垃圾而在回收箱上爭奪，天空開始飄下絲絲細雨，我頭頂上的透明艙口傳來拍打的聲音，當我等待之時，收音機裡放著莫札特。

不久之後，只待風向回轉，我就會再次出發。始終如此，就好像布萊恩始終必須前行。

蓋瑞·伯森，書於幸福號
聖地牙哥海灣，一九九八年二月

手斧男孩 冒險全紀錄（十萬冊紀念版）

★誠品書店年度TOP100青少年類第一名！
★博客來網路書店年度百大！
★美國最受年輕讀者歡迎的作家之一蓋瑞・伯森最膾炙人口的系列作品！
★騙倒《國家地理雜誌》的13歲男孩求生傳奇！
★美國紐伯瑞文學大獎（Newberry Honor Books）肯定！
★暢銷全球2,000,000冊！

手斧男孩 首部曲

★博客來網路書店親子共享類暢銷排行第二名

吃漢堡長大的13歲紐約少年布萊恩，因飛機失事，墜落在杳無人煙的森林中。他幸運逃過一死，卻必須獨自面對絕望、恐懼、大黑熊、不知名的野獸，沒有食物、沒有手機和無線電，身上唯一的工具，只有一把小斧頭，布萊恩如何面對前所未有，且關乎存亡的挑戰？

手斧男孩❷ 領帶河

這一次，布萊恩不再是孤獨一人，政府派來的心理學者德瑞克將陪他進行觀察並紀錄下一切。可是，一場暴風雨中，德瑞克被閃電擊中，昏迷不醒，無線發報機也失靈！布萊恩必須帶著命在旦夕的德瑞克到百哩外求救。布萊恩唯一的機會是一艘木筏和一張地圖，順著河流，一場與時間相搏的河上求生，慌張開跑……

手斧男孩❸另一種結局

蓋瑞．伯森改變了布萊恩在《手斧男孩》中終於獲救的結局，並隨著嚴冬來到，他讓布萊恩面對更嚴峻的挑戰。置身大雪冰封的森林之中，孤獨一人的布萊恩如何面對致命的嚴冬？如何讓自己生存下去？

手斧男孩❹鹿精靈

經過大自然的重重試煉後，布萊恩回到現代化城市，卻感到比在荒野之中更孤立無援。唯一的解決之道就是，必須重回荒野大地，只有回到曠野之中，布萊恩才能找回自己真正的生命道路。

手斧男孩❺獵殺布萊恩

勇敢面對重重考驗之後的布萊恩，對於大自然的愛遠甚於所謂文明世界。一天，當他紮營在森林中一處湖畔時，意外發現了一隻受傷的小狗。當布萊恩悉心照料這隻小狗時，也想起了住在營地北方的克里族友人。直覺與不安告訴布萊恩，必須盡速趕往北方。北方森林裡肯定出事了，帶著忠心的新夥伴，布萊恩展開了一場救援朋友的狩獵行動。

手斧男孩❻英語求生100天：手斧男孩中英名句選

讀《手斧男孩》不只可以學到野外求生技巧，也不只是看到布萊恩面對挑戰時的勇氣與機智。讀《手斧男孩》還可以學英文！作者蓋瑞・伯森善流暢簡練的英文，是學習英文的極佳範本，跟隨《手斧男孩》精采的情節前進，也讓你的英文向前衝！

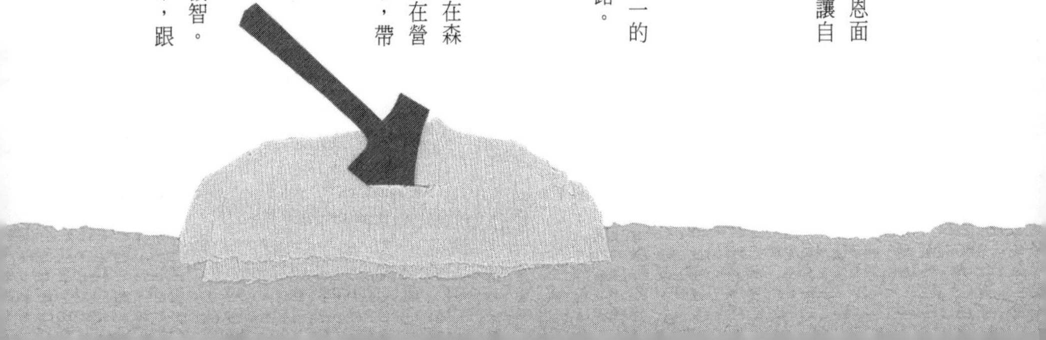

故事盒子 4

手斧男孩4 鹿精靈（十萬冊紀念版）

作者　蓋瑞・伯森Gary Paulsen
譯者　奉君山

野人文化股份有限公司
社長　張瑩瑩
總編輯　蔡麗真
主 編　陳瑾璇
責任編輯　李依蒨、李怡庭
校對　袁若喬
行銷企劃經理　林麗紅
行銷企劃　蔡逸萱、李映柔
封面設計　李東記
內頁排版　洪素貞

出版　野人文化股份有限公司
發行　遠足文化事業股份有限公司 (讀書共和國出版集團)
地址：231新北市新店區民權路108-2號9樓
電話：（02）2218-1417　傳真：（02）8667-1065
電子信箱：service@bookrep.com.tw
網址：www.bookrep.com.tw
郵撥帳號：19504465遠足文化事業股份有限公司
客服專線：0800-221-029
法律顧問　華洋法律事務所　蘇文生律師
印製　成陽印刷股份有限公司
初版　2005年12月
二版首刷　2012年6月
二版39刷　2023年7月

國家圖書館出版品預行編目資料

手斧男孩 . 4, 鹿精靈 / 蓋瑞 . 伯森 (Gary Paulsen) 著 ; 奉君山譯 . -- 二版 . -- 新北市 : 野人文化出版 : 遠足文化發行 , 2012.06
面；　公分 . -- (故事盒子 ; 4)
譯自 : Brian's return
ISBN 978-986-5947-07-1(平裝)

874.59　　101008120

野人文化
官方網頁

野人文化
讀者回函

手斧男孩
鹿精靈

線上讀者回函專用
QR CODE，你的寶貴意見，將是我們進步的最大動力。

野人

野人文化
讀者回函卡

姓　名　　　　　　　　□女 □男　年齡

地　址

電　話 公　　　　宅　　　　手機

Email

學　歷 □國中(含以下) □高中職 □大專 □研究所以上

職　業 □生產/製造 □金融/商業 □傳播/廣告 □軍警/公務員
□教育/文化 □旅遊/運輸 □醫療/保健 □仲介/服務
□學生 □自由/家管 □其他

◆你從何處知道此書？
□書店 □書訊 □書評 □報紙 □廣播 □電視 □網路
□廣告 DM □親友介紹 □其他

◆你以何種方式購買本書？
□誠品書店 □誠品網路書店 □金石堂書店 □金石堂網路書店
□博客來網路書店 □其他 ________________

◆你的閱讀習慣：
□百科 □生態 □文學 □藝術 □社會科學 □地理地圖
□民俗采風 □休閒生活 □圖鑑 □歷史 □建築 □傳記
□自然科學 □戲劇舞蹈 □宗教哲學 □其他

◆你對本書的評價：（請填代號，1. 非常滿意 2. 滿意 3. 尚可 4. 待改進）
書名 ____ 封面設計 ____ 版面編排 ____ 印刷 ____ 內容 ____
整體評價 ____

◆你對本書的建議：

廣 告 回 函
板橋郵政管理局登記證
板 橋 廣 字 第 143 號

郵資已付 免貼郵票

野人

23141
新北市新店區民權路108-3號6樓
野人文化股份有限公司 收

請沿線撕下對折寄回

野人

書名：手斧男孩 4 鹿精靈（十萬冊紀念版）

書號：0NSB4004